TRANZLATY

La Langue est pour tout le Monde

Sproget er for alle

La Métamorphose

Forvandlingen

Franz Kafka

Français
Dansk

ISBN: 978-1-83566-887-0
Die Verwandlung
Franz Kafka, 1915

www.tranzlaty.com

Première partie
Del et

Gregor Samsa se réveilla un matin après des rêves agités.
Gregor Samsa vågnede en morgen fra urolige drømme.
Il se retrouva dans son lit, incapable de bouger.
Han befandt sig i sin seng, men ude af stand til at bevæge sig.
Il avait été transformé en un monstre vermineux.
Han var blevet forvandlet til et uhyrligt skadedyr.
Il était allongé sur le dos, une carapace dure comme une armure.
Han lå på ryggen, som var hård som en rustning.
En relevant légèrement la tête, il pouvait voir son ventre.
Ved at løfte hovedet lidt kunne han se sin mave.
Mais son ventre était bombé et divisé en segments.
Men hans mave var hvælvet og delt i segmenter.
La couverture reposait sur son ventre arrondi.
Tæppet hvilede oven på hans runde mave.
Mais la couverture était sur le point de glisser complètement.
Men tæppet var tæt på at glide helt ned.
Ses jambes étaient pitoyables comparées à leur taille habituelle.
Hans ben var ynkelige sammenlignet med deres sædvanlige størrelse.
Et ses nombreuses pattes s'agitaient impuissantes devant ses yeux.
Og hans mange ben blafrede hjælpeløst for hans øjne.
« Que m'est-il arrivé ? » se demanda-t-il.
"Hvad er der sket med mig?" tænkte han for sig selv.
Mais ce n'était pas un rêve dont il ne pouvait se réveiller.
Men det var ikke en drøm, han ikke kunne vågne fra.
Il se trouvait bel et bien dans sa propre chambre.
Det var virkelig hans eget værelse, han befandt sig i.
Une vraie chambre pour des humains, mais un peu trop petite.
Et rigtigt rum for mennesker, men lige lidt for lille.

Il gisait tranquillement entre les quatre murs bien connus.
Han lå stille mellem de fire velkendte vægge.
Sur la table se trouvait une collection d'échantillons de textiles.
På bordet lå en samling tekstilprøver.
Samsa était un vendeur ambulant, d'où les échantillons.
Samsa var en rejsende sælger, deraf prøverne.
Au-dessus des échantillons de textile désassemblés se trouvait une image.
Over de adskilte tekstilprøver var et billede.
Il avait récemment découpé la photo dans un magazine.
Han havde for nylig klippet billedet ud af et blad.
Il avait placé le tableau dans un joli cadre doré.
Han havde placeret billedet i en smuk, forgyldt ramme.
Le tableau encadré représentait une dame assise bien droite.
Det indrammede billede forestillede en dame, der sad oprejst.
Elle portait un chapeau de fourrure et un manchon de fourrure.
Hun havde en pelshue på og havde en pelsmuff.
Elle levait la main en direction du spectateur.
Hun løftede hånden mod billedets beskuer.
Son avant-bras entier disparaissait dans son épais manchon de fourrure.
Hele hendes underarm forsvandt i hendes tunge pelsmuff.
Gregor regarda par la fenêtre le temps maussade.
Gregor kiggede ud af vinduet på det grå vejr.
On pouvait entendre les grosses gouttes de pluie frapper la fenêtre.
Man kunne høre tunge regndråber ramme vinduet.
Le temps gris le rendait très mélancolique.
Det grå vejr gjorde ham meget melankolsk.
« Et si je dormais un peu plus longtemps ? » pensa-t-il.
"Hvad med at jeg sover lidt længere?" tænkte han.
« Dormir davantage m'aiderait peut-être à oublier ces bêtises. »
"Mere søvn kan måske hjælpe mig med at glemme det her vrøvl."

Mais dormir plus longtemps était totalement impossible.
Men at sove længere var fuldstændig umuligt.
Parce qu'il avait l'habitude de dormir sur le côté droit.
Fordi han var vant til at sove på højre side.
Mais son état actuel l'empêchait d'effectuer ses mouvements habituels.
Men hans nuværende tilstand forhindrede hans sædvanlige bevægelser.
Il n'avait aucun moyen de se retrouver dans cette situation.
Han havde ingen måde at bringe sig selv i denne position på.
Il fit de son mieux pour se jeter sur son côté droit.
Han prøvede sit bedste at kaste sig over på sin højre side.
Il a probablement tenté ce mouvement une centaine de fois.
Han forsøgte sandsynligvis denne bevægelse hundrede gange.
Mais il revenait toujours en position couchée sur le dos.
Men han rokkede altid tilbage i liggende stilling.
Il ferma les yeux pour ne pas voir ses jambes qui s'agitaient.
Han lukkede øjnene for ikke at se sine uberegnelige ben.
Finalement, la douleur l'a empêché de réessayer.
Til sidst forhindrede hans smerter ham i at forsøge igen.
Une douleur sourde au flanc qu'il n'avait jamais ressentie auparavant.
En dump smerte i siden, som han aldrig havde følt før.
« Oh mon Dieu », pensa désespérément Gregor Samsa.
"Åh Gud," tænkte Gregor Samsa desperat for sig selv.
« Quel métier pénible j'ai choisi ! »
"Sikke et anstrengende erhverv jeg har valgt for mig selv!"
« Je dois voyager tous les jours pour le travail. »
"Dag ud og dag ind er jeg nødt til at rejse rundt i forbindelse med arbejde."
« Le travail de bureau est beaucoup plus facile que le travail sur la route. »
"Kontorarbejde er meget nemmere end at arbejde på landevejen."
« Et j'ai la malédiction de devoir voyager constamment. »
"Og jeg har den forbandelse at skulle rejse rundt."

« Toutes ces inquiétudes liées au fait d'être à l'heure pour les trains. »

"Alle bekymringerne om at være til tiden med togene."

« Mes horaires de repas sont irréguliers et la nourriture est mauvaise. »

"Mine måltider er uregelmæssige, og maden er dårlig."

« Mes amis changent constamment de ville. »

"Mine venner skifter altid fra by til by."

« Mes interactions sont froides et professionnelles. »

"Mine interaktioner er kolde og professionelle."

«Que le diable s'amuse avec ce genre de travail !»

"Lad Djævelen more sig med den slags arbejde!"

Il ressentit une légère démangeaison en haut de l'estomac.

Han følte en let kløe øverst på maven.

Il s'appuya contre le montant du lit, le dos contre le sol.

Han skubbede sig mod sengestolpen med ryggen.

Il voulait pouvoir mieux lever la tête.

Han ville gerne være bedre i stand til at løfte hovedet.

Il a trouvé l'endroit qui le démangeait.

Han fandt det kløende sted, der generede ham.

Sa tête semblait recouverte de petits points blancs.

Hans hoved syntes at være dækket af små hvide prikker.

Il ne pouvait pas dire ce que représentaient ces petits points blancs.

Hvad disse små hvide prikker var, kunne han ikke sige.

Il avait prévu de toucher l'endroit avec une de ses jambes.

Han havde planlagt at røre stedet med det ene ben.

Mais lorsqu'il toucha l'endroit, il ressentit un étrange frisson.

Men da han rørte ved stedet, følte han en mærkelig kuldegysning.

Il a donc immédiatement retiré sa jambe.

Så trak han straks benet væk fra stedet.

Il n'avait d'autre choix que d'accepter cette sensation de démangeaison.

Han havde intet andet valg end at acceptere kløen.

Et il reprit sa position initiale dans le lit.

Og han vendte tilbage til sin tidligere stilling i sengen.

«Se réveiller si tôt rend vraiment stupide.»

"At vågne så tidligt gør én virkelig dum."

« Un homme doit dormir suffisamment », pensa-t-il.

"En mand skal have nok søvn," tænkte han for sig selv.

« Les autres représentants de commerce mènent une vie de luxe. »

"De andre rejsende sælgere lever et liv i luksus."

« Le matin, je transfère les ordres que j'ai reçus. »

"Om morgenen overfører jeg de ordrer, jeg har modtaget."

« Pendant ce temps, ces messieurs prennent encore leur petit-déjeuner. »

"I mellemtiden spiser de herrer stadig morgenmad."

« Imaginez un peu si j'essayais de faire ça avec mon patron. »

"Tænk bare, hvis jeg prøvede at gøre det med min chef."

«Il me licenciait avant même que j'aie fini mon petit-déjeuner.»

"Han ville fyre mig, før jeg var færdig med min morgenmad."

« Mais ce ne serait peut-être pas le pire non plus. »

"Men måske ville det heller ikke være det værste."

«Le problème, c'est que mes parents me freinent.»

"Problemet er, at mine forældre holder mig tilbage."

« Sans eux, j'aurais déjà démissionné. »

"Hvis det ikke var for dem, ville jeg allerede have sagt op."

« J'aurais tenu tête au patron et je lui aurais dit. »

"Jeg ville have stået op over for chefen og fortalt ham det."

« Je dirais exactement ce que je pense de lui et de son travail. »

"Jeg ville sige præcis, hvad jeg synes om ham og jobbet."

« Il tomberait de son bureau si je lui racontais tout ! »

"Han ville falde ned fra sit skrivebord, hvis jeg fortalte ham alt!"

« Sa façon de s'asseoir à son bureau est très étrange. »

"Det er meget mærkeligt, hvordan han sidder ved sit skrivebord."

« Sa façon de parler à ses subordonnés n'est pas correcte. »

"Den måde, han taler til sine underordnede på, er ikke korrekt."
« Et le pire, c'est que son ouïe est très mauvaise. »
"Og det værste er, at hans hørelse er så dårlig."
«Vous n'avez donc pas d'autre choix que de vous asseoir très près de lui.»
"Så du har intet andet valg end at sidde meget tæt på ham."
« Cela dit, l'espoir n'est pas encore totalement perdu. »
"Men når det er sagt, er håbet ikke helt ude endnu."
« Je vais économiser cet argent pour rembourser les dettes de mes parents. »
"Jeg vil spare pengene op for at betale mine forældres gæld."
« Je ne peux rien faire tant qu'ils lui doivent de l'argent. »
"Jeg kan ikke gøre noget, mens de stadig skylder ham penge."
« Mais une fois la dette remboursée, je le ferai sans aucun doute. »
"Men når gælden er betalt, vil jeg helt sikkert gøre det."
« Cela prendra probablement encore cinq à six ans. »
"Det vil sandsynligvis tage yderligere fem til seks år."
« Oui, alors la grande séparation aura certainement lieu. »
"Ja, så bliver den store adskillelse helt sikkert foretaget."
« Pour le moment, je dois me lever. »
"Foreløbig må jeg dog ud af sengen."
« Parce que mon train part à cinq heures. »
"Fordi mit tog afgår klokken fem."
Gregor regarda le réveil qui tic-tac sur la table.
Gregor kiggede på vækkeuret, der tikkede på bordet.
« Père céleste ! » pensa-t-il en regardant l'heure.
"Himmelske Fader!" tænkte han, da han så tiden.
Six heures et demie étaient déjà passées sans qu'on s'en aperçoive.
Halv syv var allerede stille og roligt gået.
Et les aiguilles de l'horloge continuaient d'avancer d'elles-mêmes.
Og urets visere blev ved med at bevæge sig fremad.
Et il était presque sept heures quarante-cinq.
Og nu nærmede klokken sig kvart i syv.

« Peut-être que le réveil n'a pas sonné ? » pensa-t-il.

"Måske havde vækkeuret ikke ringet for at vække mig?" tænkte han.

Depuis son lit, Gregor inspecta le réveil.

Fra sin seng inspicerede Gregor vækkeuret.

Le réveil était correctement réglé sur quatre heures.

Vækkeuret var korrekt indstillet til klokken fire.

Il ne pouvait pas l'expliquer, mais l'alarme avait dû sonner.

Han kunne ikke forklare det, men alarmen måtte have ringet.

« Comment ai-je pu dormir sans m'en rendre compte après avoir entendu le réveil ? »

"Hvordan kunne jeg sove igennem vækkeuret uden at vide det?"

Quand elle sonne, l'alarme fait même trembler les meubles.

Når den ringer, ryster alarmen endda møblerne.

Il savait que son sommeil n'avait pas été du tout paisible.

Han vidste, at hans søvn slet ikke havde været fredelig.

Mais c'est peut-être pour cela que son sommeil était beaucoup plus profond.

Men måske var det derfor, hans søvn var meget dybere.

Il devait réfléchir à ce qu'il devait faire maintenant.

Han måtte tænke over, hvad han skulle gøre nu.

Le train suivant ne partait qu'à sept heures.

Det næste tog afgik først klokken syv.

Prendre ce train serait quasiment impossible.

Det ville være næsten umuligt at nå det tog.

Et il n'avait pas encore emporté les textiles dont il avait besoin.

Og han havde endnu ikke pakket de tekstiler, han skulle bruge.

Il ne se sentait pas particulièrement frais et agile non plus.

Han følte sig heller ikke særlig frisk og smidig.

Il y avait peut-être une chance de monter dans le train.

Måske var der en chance for at komme på toget.

Mais une réprimande du patron était inévitable de toute façon.

Men en skældud fra chefen var uundgåelig under alle omstændigheder.

Le commis aurait pris le train de cinq heures.

Ekspedienten ville være steget på toget klokken fem.

Le commis de bureau était une créature sans envergure, à la solde du patron.

Kontormedarbejderen var chefens rygradsløse skabning.

L'absence de Gregor aurait donc déjà été signalée.

Så Gregors fravær ville allerede være blevet rapporteret.

« Et si je me faisais porter malade ? » se demandait Gregor.

"Hvad nu hvis jeg melder mig syg?" overvejede Gregor.

Mais ce serait extrêmement embarrassant et suspect.

Men det ville være yderst pinligt og mistænkeligt.

Gregor n'avait jamais été malade pendant la période où il avait travaillé là-bas.

Gregor havde aldrig været syg i den tid, han arbejdede der.

Et il leur avait déjà consacré cinq années de service.

Og han havde allerede givet dem fem års tjeneste.

Il y avait de fortes chances que le patron vienne prendre de ses nouvelles.

Der er stor sandsynlighed for, at chefen ville komme og tjekke op på ham.

Il amènerait probablement le médecin de l'assurance maladie.

Han ville nok medbringe sygeforsikringslægen.

Et il blâmait les parents pour la paresse de leur fils.

Og han ville give forældrene skylden for deres dovne søn.

Ils ne pourraient formuler aucune objection à son égard.

De ville ikke kunne gøre indsigelser mod ham.

Car pour lui, il n'y avait que deux sortes de travailleurs.

Fordi der for ham kun var to slags arbejdere.

Soit les ouvriers étaient en parfaite santé, soit ils rechignaient à travailler.

Enten var arbejderne fuldstændig raske, eller også var de arbejdssky.

Et aurait-il même tort dans cette analyse de base ?

Og ville han overhovedet tage fejl i den grundlæggende analyse?

Assurément, dans ce cas précis, son argument était solide.

I dette tilfælde havde han helt sikkert et stærkt argument.

Malgré son apparence, Gregor se sentait en réalité plutôt bien.

Trods sit udseende havde Gregor det faktisk ret godt.

Ce long sommeil inutile l'avait rendu un peu somnolent.

Den unødvendige lange søvn gjorde ham lidt døsig.

Mais à part ça, il ne pouvait pas se plaindre de maladie.

Men bortset fra det kunne han ikke klage over sygdom.

Il ressentait même une faim particulièrement forte et saine.

Han følte endda en særlig stærk og sund sult.

Tandis qu'il nourrissait ces pensées, l'horloge sonna de nouveau.

Mens han tænkte disse tanker, slog uret igen.

Selon l'alarme, il était alors sept heures moins le quart.

Ifølge alarmen var klokken nu kvart i syv.

Et maintenant, on frappa doucement à la porte.

Og nu lød der også en blid banken på døren.

« Gregor », l'appela quelqu'un – c'était sa mère.

"Gregor," kaldte nogen til ham – det var moderen.

« Il est sept heures moins le quart », a-t-elle confirmé en entendant l'alarme.

"Klokken er kvart i syv," bekræftede hun alarmen.

« Tu ne voulais pas partir ? » demanda la douce voix.

"Ville du ikke gå?" spurgte den blide stemme.

Gregor eut peur en entendant sa voix répondre.

Gregor blev bange, da han hørte hans stemme svare.

Sa voix était toujours la même.

Stemmen var stadig den stemme, han altid havde.

Mais une nouvelle sonorité s'était désormais mêlée à sa voix.

Men nu var der en ny lyd blandet ind i hans stemme.

Un couinement douloureux s'échappa également du plus profond de lui.

Dybt inde i ham kom der også et smertefuldt knirk.

Au début, sa voix semblait former des mots avec clarté.

I starten syntes hans stemme at danne ord med klarhed.
Mais alors, Gregor entendit l'écho mental de sa voix.
Men så hørte Gregor det mentale ekko af hans stemme.
**L'enregistrement de sa voix s'est interrompu de façon
étrange.**
Optagelsen af hans stemme gik i stykker på en mærkelig
måde.
Et il n'était pas sûr d'avoir bien entendu.
Og han var ikke sikker på, om han havde hørt tingene rigtigt.
**Gregor éprouvait un profond désir de donner une réponse
détaillée.**
Gregor følte et dybt ønske om at give et detaljeret svar.
Il voulait tout expliquer clairement à sa mère.
Han ville forklare alting tydeligt for sin mor.
Mais, compte tenu des circonstances, il devait se limiter.
Men under omstændighederne måtte han begrænse sig.
**Et sa réponse fut beaucoup plus brève qu'il ne l'aurait
souhaité.**
Og han svarede meget kortere, end han gerne ville have gjort.
"Oui maman, ne t'inquiète pas, merci, je suis déjà levée."
"Ja mor, bare rolig, tak, jeg er allerede oppe."
La porte en bois a probablement contribué à étouffer sa voix.
Trædøren hjalp sandsynligvis med at dæmpe hans stemme.
**À l'extérieur, le changement dans la voix de Gregor est resté
inaperçu.**
Udenfor forblev ændringen i Gregors stemme ubemærket.
La mère semblait satisfaite de son explication.
Moderen virkede tilfreds med hans forklaring.
Et elle repartit aussi discrètement qu'elle était venue.
Og hun gik igen lige så stille, som hun var kommet.
Mais cette petite conversation a eu un effet indésirable.
Men den lille samtale havde en uønsket effekt.
Il a attiré l'attention des autres membres de la famille.
Han fangede de andre familiemedlemmers opmærksomhed.
Gregor était toujours chez lui et n'était pas allé travailler.
Gregor var stadig hjemme og var ikke gået på arbejde.
Et maintenant, le père frappa lui aussi à la porte de côté.

Og nu bankede faderen også på sidedøren.

Il frappa faiblement, mais avec détermination, du poing.

Han bankede svagt, men beslutsomt, med sin knytnæve.

« Gregor, Gregor », appela-t-il, « quel est le problème ? »

"Gregor, Gregor," råbte han, "hvad er problemet?"

Au bout d'un moment, il avertit de nouveau d'une voix plus grave.

Efter et stykke tid advarede han igen med en dybere stemme.

Mais la sœur frappa alors à la porte de l'autre côté.

Men på den anden sidedør bankede søsteren nu på.

« Gregor ? Tu ne te sens pas bien ? » demanda-t-elle doucement.

"Gregor? Har du det ikke godt?" spurgte hun stille.

« Avez-vous besoin de quelque chose ? » demanda-t-elle, inquiète.

"Er der noget, du behøver?" spurgte hun bekymret.

Gregor a répondu aux deux parties : « J'ai déjà terminé. »

Gregor svarede begge sider: "Jeg er allerede færdig."

Il avait fait de son mieux pour prononcer tous les mots avec soin.

Han havde gjort sit bedste for at udtale alle ordene omhyggeligt.

Et il a gommé tout ce qui était ostentatoire dans sa voix.

Og han fjernede alt iøjnefaldende i sin stemme.

Le père semblait également satisfait de la réponse.

Faderen virkede også tilfreds med svaret.

Et il retourna à son petit-déjeuner inachevé.

Og han vendte tilbage til sin ufærdige morgenmad.

Mais la sœur murmura : « Gregor, ouvre la bouche, je t'en supplie. »

Men søsteren hviskede: "Gregor, luk op, jeg beder dig."

Mais son inquiétude à son égard ne parvenait en rien à l'émouvoir.

Men hendes bekymring for ham kunne ikke røre ham på nogen måde.

Gregor n'avait aucune intention de lui ouvrir la porte.

Gregor havde ingen intentioner om at åbne døren for hende.

Ses voyages lui avaient permis d'acquérir certaines habitudes de prudence.

Han havde tilegnet sig nogle forsigtighedsvaner fra at rejse.

Et il se félicita d'avoir verrouillé les portes.

Og han roste sig selv for at have låst dørene.

Il voulait d'abord se lever tranquillement, à son propre rythme.

Først ville han stille og roligt stå op i sin egen tid.

Et, sans être dérangé, il voulut s'habiller.

Og uden at blive forstyrret, ville han klæde sig på.

Cela étant fait, il voulut ensuite prendre son petit-déjeuner.

Da det var opnået, ville han så spise morgenmad.

Ce n'est qu'alors qu'il a souhaité examiner la situation plus en détail.

Først derefter ønskede han at overveje situationen nærmere.

Il savait qu'il était inutile de faire des projets au lit.

Han vidste, at det ikke var nogen idé at lægge planer i sengen.

Il serait impossible de parvenir à une conclusion sensée.

Det ville være umuligt at nå frem til en fornuftig konklusion.

Il lui était déjà arrivé de se réveiller avec de légères douleurs.

Der havde været andre gange, han vågnede med lette smerter.

Ces douleurs se sont toujours révélées être de pures inventions de l'imagination.

Disse smerter viste sig altid at være ren fantasi.

En me levant du lit, la douleur disparaissait invariablement.

Når man stod ud af sengen, forsvandt smerten uundgåeligt.

Il était curieux de voir ce qu'il adviendrait de ces idées.

Han var nysgerrig efter at se, hvad der ville ske med disse idéer.

Le changement de sa voix était probablement dû à un rhume.

Ændringen i hans stemme skyldtes sandsynligvis bare en forkølelse.

Le rhume est un risque professionnel courant pour les voyageurs.

Forkølelse er blot en erhvervsmæssig risiko for rejsende.

Il ne doutait pas que c'était l'explication logique.
Han var ikke i tvivl om, at det var den logiske forklaring.
Il s'est facilement dégagé de la couverture.
Det var nemt at få tæppet af sig selv.
Il lui suffisait d'inspirer et de se gonfler.
Alt han skulle gøre var at trække vejret ind og puste sig op.
La couverture glissa de son corps et tomba sur le sol.
Tæppet gled af hans krop og ned på gulvet.
Son corps incroyablement large rendait d'autres choses difficiles.
Hans utroligt brede krop gjorde andre ting vanskelige.
Il aurait eu besoin de bras et de mains pour se tenir debout.
Han ville have haft brug for arme og hænder for at stå op.
Mais il n'avait plus les membres qu'il avait autrefois.
Men han havde ikke de lemmer, han plejede at have.
Au lieu de bras et de mains, il avait plein de petites jambes.
I stedet for arme og hænder havde han mange små ben.
Et ses jambes bougeaient sans cesse, sans qu'il puisse les contrôler.
Og hans ben bevægede sig konstant, uden hans kontrol.
Il a essayé de plier une jambe, mais au lieu de cela, elle s'est étirée.
Han prøvede at bøje det ene ben, men i stedet strakte det sig.
Il parvint finalement à contrôler une jambe.
Endelig lykkedes det ham at få kontrol over det ene ben.
Mais ensuite, le mouvement des autres pattes a été libéré.
Men så blev bevægelsen i de andre ben sluppet løs.
Et toutes ses jambes frémissaient d'excitation extrême.
Og alle hans ben spjættede i ekstrem ophidselse.
Il a d'abord voulu sortir le bas de son corps du lit.
Først ville han få sin underkrop ud af sengen.
Mais il n'avait pas encore vu le bas de son corps.
Men han havde faktisk ikke set sin underkrop endnu.
Et de toute façon, déplacer cette pièce s'est avéré trop difficile.
Og det viste sig alligevel at være for vanskeligt at flytte denne del.

Finalement, de toutes ses forces, il fit un geste audacieux.
Endelig foretog han et vildt træk med al sin styrke.
Sans plus hésiter, il s'avança.
Uden yderligere tøven bevægede han sig fremad.
Mais il avait choisi la mauvaise direction.
Men han havde valgt den forkerte retning at bevæge sig i.
Il s'est violemment cogné le corps contre le montant inférieur du lit.
Han slog voldsomt sin krop mod den nederste sengestolpe.
La douleur brûlante qu'il ressentait lui a appris une précieuse leçon.
Den brændende smerte, han følte, lærte ham en værdifuld lektie.
La partie inférieure de son corps était peut-être plus sensible.
Den nederste del af hans krop var måske mere følsom.
Il a donc commencé par sortir le haut de son corps du lit.
Så prøvede han at få sin overkrop ud af sengen først.
Il tourna prudemment la tête dans la bonne direction.
Han drejede forsigtigt hovedet i den rigtige retning.
Et bientôt, sa tête se retrouva face au bord du lit.
Og snart vendte hans hoved mod sengekanten.
Ce mouvement prudent lui était en réalité facile.
Denne forsigtige bevægelse var faktisk let for ham.
Et sa largeur et son poids ne l'empêchaient pas de se déplacer.
Og hans bredde og vægt stoppede ikke hans bevægelse.
La masse de son corps suivit lentement le mouvement de sa tête.
Hans krops masse fulgte langsomt hovedets drejning.
Mais ensuite, il a passé la tête au-dessus du bord du lit.
Men så holdt han hovedet ud over sengekanten.
Et il dut faire face à une nouvelle peur à laquelle il n'avait pas encore pensé.
Og han stod over for en ny frygt, han ikke havde tænkt over endnu.
Poursuivre dans cette voie pourrait s'avérer dangereux.

Det kan være farligt at gå videre på denne måde.
Il pensait qu'il allait simplement se laisser tomber.
Han havde troet, at han bare ville lade sig selv falde.
Mais ce serait un miracle s'il ne s'était pas blessé à la tête.
Men det ville være et mirakel, hvis han ikke kom til skade i hovedet.
Ce n'était pas le moment de risquer de perdre connaissance.
Nu var det ikke tid til at risikere at miste bevidstheden.
Finalement, il vaudrait peut-être mieux rester au lit.
Måske ville det være bedre at blive i sengen alligevel.
Mais il devait ensuite faire le même effort pour revenir.
Men så måtte han gøre den samme indsats for at komme tilbage.
Après tous ces efforts, il était allongé là, exactement comme avant.
Efter al den anstrengelse lå han der præcis som før.
Et maintenant, ses jambes semblaient encore plus en colère qu'elles ne l'avaient été.
Og nu virkede hans ben endnu vredere, end de havde været.
Les mouvements de sa jambe étaient devenus encore plus incontrôlables.
Hans benbevægelser var blevet endnu mere ukontrollerbare.
Il ne voyait aucun moyen de sortir de la situation dans laquelle il se trouvait.
Han så ingen måde at komme ud af den situation, han var i.
Il était impossible de faire émerger la paix et l'ordre de ce chaos.
Fred og orden kunne ikke skabes ud af dette kaos.
Mais il savait que rester au lit n'était pas une option non plus.
Men han vidste, at det heller ikke var en mulighed at blive i sengen.
Tout sacrifier était l'option la plus sensée.
At ofre alt var den mest fornuftige løsning.
Il s'accrochait au moindre espoir de pouvoir se lever.
Han holdt fast i det mindste håb om at komme ud af sengen.
S'il y parvenait, tous les risques en auraient valu la peine.

Hvis han havde formået dette, ville al risiko have været det værd.

Mais il se souvenait aussi d'autre chose en même temps.

Men han huskede også noget andet på samme tid.

« Mieux vaut réfléchir sereinement que de prendre des décisions désespérées. »

"Bedre end desperate beslutninger er rolige refleksioner."

Il concentra tous ses efforts sur la fenêtre.

Med al sin anstrengelse fokuserede han blikket på vinduet.

Mais ce qu'il vit ne lui insuffla guère de confiance ni de joie.

Men det, han så, bragte ham ikke meget selvtillid og opmuntring.

La brume matinale enveloppait toute la rue étroite.

Morgendisen dækkede hele den smalle gade.

Le réveil sonna à nouveau ; il était maintenant sept heures.

Vækkeuret ringede igen; nu var klokken syv.

« Il est déjà sept heures et il y a encore un épais brouillard. »

"Klokken er allerede syv, og der er stadig så meget tåge."

Il resta un moment allongé, immobile, respirant faiblement.

Et stykke tid lå han stille og trak kun svagt vejret.

Un peu de calme permettrait peut-être de retrouver une certaine normalité.

Måske lidt ro ville føre til en vis normalitet.

Un silence complet pourrait engendrer les conditions réelles.

Fuldstændig stilhed kunne frembringe de virkelige forhold.

Mais avant que l'horloge ne sonne à nouveau, il rompit le silence.

Men inden uret slog igen, brød han stilheden.

«Avant que l'horloge ne sonne à nouveau, je dois être levé.»

"Inden klokken ringer igen, skal jeg ud af sengen."

« Je dois absolument être complètement levé à ce moment-là. »

"Jeg må absolut være helt ude af sengen på det tidspunkt."

« Après 19h15, le bureau enverra quelqu'un. »

"Efter kvart over otte sender kontoret nogen."

"Parce que le bureau ouvrait avant sept heures."

"Fordi kontoret åbnede før klokken syv."

Et il commença alors à se balancer hors du lit.

Og nu begyndte han at vippe sin krop ud af sengen.

Il avait cessé de se concentrer sur le haut ou le bas de son corps.

Han havde opgivet at fokusere på sin over- eller underkrop.

Il fallut sortir tout son corps du lit.

Hele hans krops længde måtte forlade sengen.

Tomber de cette façon devrait protéger sa tête, pensa-t-il.

At falde på denne måde burde beskytte hans hoved, tænkte han.

Il avait prévu de relever la tête lorsqu'il toucherait le sol.

Han havde planlagt at løfte hovedet, når han ramte jorden.

Son dos semblait suffisamment robuste pour encaisser le choc.

Bagsiden af hans krop virkede hård nok til stødet.

Et le tapis était là pour amortir l'atterrissage.

Og tæppet var der for at blødgøre landingen.

Ce qui le préoccupait le plus, cependant, c'était le bruit assourdissant.

Hans største bekymring var dog den høje støj.

Le bruit fracassant effrayerait tous les occupants de la maison.

Den bragende lyd ville skræmme alle i huset.

Peut-être que le bruit fort ne les terrifierait pas.

Måske ville de ikke være bange for den høje støj.

Mais ils seraient certainement inquiets s'ils l'apprenaient.

Men de ville helt sikkert blive bekymrede, hvis de hørte det.

Mais il fallait prendre le risque d'attirer l'attention.

Men risikoen for at tiltrække opmærksomhed måtte tages.

La nouvelle méthode s'apparentait davantage à un jeu qu'à un effort.

Den nye metode var mere et spil end en anstrengelse.

Il devait balancer son corps par mouvements brusques et saccadés.

Han måtte rokke sin krop i pludselige og rykvise bevægelser.

Gregor était déjà à moitié sorti du lit.

Gregor var allerede kommet halvvejs ud af sengen.

Une nouvelle idée venait de lui traverser l'esprit.
Nu var der en ny tanke, der lige slog ham.
« Tout serait si facile si quelqu'un venait à mon secours. »
"Det ville alt sammen være så nemt, hvis nogen kom mig til hjælp."
« Deux personnes fortes suffiraient amplement. »
"To stærke personer ville være fuldt ud tilstrækkeligt."
Son père et la servante seraient assez forts.
Hans far og tjenestepigen ville være stærke nok.
Il leur suffirait de glisser leurs bras sous son dos.
De skulle bare skubbe armene ind under hans ryg.
Et ensuite, ils pourraient facilement le sortir du lit.
Og så kunne de nemt pille ham ud af sengen.
Peut-être auraient-ils dû réduire son poids progressivement.
Måske skulle de have sænket hans vægt langsomt.
Alors, espérons-le, les jambes auraient trouvé leur utilité.
Forhåbentlig havde benene så fundet deres formål.
« Ne serait-il pas préférable, après tout, de demander de l'aide ? »
"Ville det ikke være bedre alligevel at tilkalde hjælp?"
Le problème, bien sûr, c'est qu'il avait verrouillé les portes.
Problemet var selvfølgelig, at han havde låst dørene.
Il y avait quelque chose dans cette idée qui le chatouillait.
Der var noget ved tanken, der kildede ham.
Et malgré ses difficultés, il ne put réprimer un sourire.
Og trods sine vanskeligheder kunne han ikke undertrykke et smil.
Il était déjà sur le point de perdre l'équilibre.
Han var allerede tæt på at miste balancen nu.
Chaque balancement le rapprochait un peu plus du moment où il basculerait du lit.
Hvert sving bragte ham tættere på at vælte ud af sengen.
Il allait bientôt devoir prendre la décision finale.
Snart skulle han træffe den endelige beslutning.
Dans cinq minutes, il serait sept heures et quart.
Om fem minutter ville klokken være kvart over syv.

Tandis qu'il était plongé dans ces pensées, la sonnette retentit.

Mens han tænkte disse tanker, ringede det på døren.

« C'est quelqu'un du bureau », se dit-il.

"Det er en fra kontoret," sagde han til sig selv.

Et il fut presque paralysé de peur à cause du visiteur.

Og han frøs næsten af skræk på grund af den besøgende.

Ses jambes s'agitaient encore plus sauvagement qu'auparavant.

Hans ben dansede endnu vildere end de havde gjort før.

Mais ensuite, pendant un instant, tout resta silencieux.

Men så, et øjeblik, forblev alt stille.

« Ils n'ouvriront pas la porte », se dit Gregor.

"De vil ikke åbne døren," sagde Gregor til sig selv.

Il était encore prisonnier d'un espoir insensé.

Han var stadig fanget i et meningsløst håb.

Mais ensuite, bien sûr, la bonne s'est dirigée vers la porte.

Men så gik stuepigen selvfølgelig hen til døren.

Et, comme toujours, elle ouvrit la porte au visiteur.

Og som altid åbnede hun døren for den besøgende.

Gregor n'avait besoin d'entendre que les premiers mots de bienvenue du visiteur.

Gregor behøvede kun at høre den besøgendes første hilsen.

Il a tout de suite compris qui était venu le chercher.

Han kunne med det samme se, hvem der var kommet efter ham.

Le chef de bureau en personne était venu prendre des nouvelles de Samsa.

Chefskriveren var selv kommet for at se til Samsa.

Pourquoi Gregor était-il le seul à être condamné à un tel sort ?

Hvorfor var Gregor den eneste, der blev dømt til denne skæbne?

Pourquoi lui seul a-t-il dû servir dans une telle organisation ?

Hvorfor skulle kun han tjene i sådan en organisation?

Le moindre oubli éveillait immédiatement les soupçons.

Den mindste forglemmelse vakte straks mistanke.
Tous les employés qui travaillaient là-bas étaient-ils des scélérats ?
Var alle de ansatte, der arbejdede der, slyngler?
N'y avait-il donc parmi eux aucune personne fidèle et dévouée ?
Var der ingen trofast og hengiven person iblandt dem?
N'auraient-ils pas pu simplement envoyer un apprenti ?
Kunne de ikke bare have sendt en lærling?
Toutes ces interrogations étaient-elles vraiment nécessaires ?
Var alle disse spørgsmål overhovedet nødvendige?
Le représentant autorisé devait-il se déplacer en personne ?
Skulle den bemyndigede repræsentant selv komme?
Fallait-il vraiment informer toute la famille innocente ?
Skulle hele den uskyldige familie blive informeret?
Toutes ces considérations ont poussé Gregor à agir.
Alle disse overvejelser fik Gregor til at handle.
Il se hissa hors du lit de toutes ses forces.
Han svang sig ud af sengen af al sin kraft.
Il y a eu une forte détonation, mais ce n'était pas vraiment un bruit.
Der lød et højt brag, men det var ikke rigtig en lyd.
La chute avait été légèrement amortie par le tapis.
Efteråret var blevet en smule blødgjort af tæppet.
Son dos était plus élastique que Gregor ne l'avait imaginé.
Hans ryg var mere elastisk, end Gregor havde troet.
Le son était donc plus sourd et moins perceptible.
Så lyden var mere kedelig og ikke så mærkbar.
Mais il n'avait pas fait attention à sa tête pendant sa chute.
Men han havde ikke passet på sit hoved under faldet.
Et lorsqu'il a touché le sol, il s'est aussi cogné la tête.
Og da han ramte jorden, slog han også hovedet.
Il se frotta la tête sur le tapis, en colère et souffrant.
Han gned sit hoved i gulvtæppet i vrede og smerte.
Mais le gérant, qui se trouvait dans la pièce d'à côté, a entendu le bruit.
Men bestyreren på værelset ved siden af hørte støjen.

« Quelque chose est tombé là-dedans », a-t-il observé avec justesse.

"Noget faldt derind," bemærkede han korrekt.

Gregor essaya d'imaginer le manager dans sa situation.

Gregor prøvede at forestille sig lederen i sin situation.

« La même chose pourrait-elle lui arriver ? » se demanda-t-il.

"Kunne det samme ske for ham?" tænkte han.

Il a admis que cet étrange événement pouvait être possible.

Han accepterede, at denne mærkelige begivenhed kunne være mulig.

Puis le chef de bureau fit quelques pas vers la pièce.

Og så tog chefskriveren et par skridt hen til værelset.

C'était presque une réponse grossière à la question qu'il avait posée.

Det var næsten et groft svar på det spørgsmål, han stillede.

Ses bottes en cuir grinçaient lorsqu'il s'approcha de la porte.

Hans læderstøvler knirkede, da han nærmede sig døren.

Depuis la pièce située à sa droite, sa servante lui chuchota quelque chose.

Fra værelset til højre for ham hviskede hans tjenestepige til ham.

"Gregor, le représentant autorisé est ici."

"Gregor, den bemyndigede repræsentant er her."

« Je sais », dit Gregor, mais seulement à voix basse pour lui-même.

"Jeg ved det," sagde Gregor, men kun stille for sig selv.

Il n'osait pas élever la voix au-dessus d'un murmure.

Han turde ikke hæve stemmen over en hvisken.

Parce que Gregor ne voulait pas que sa sœur l'entende.

Fordi Gregor ikke ville, at hans søster skulle høre ham.

« Gregor », dit le père depuis la pièce de gauche.

"Gregor," sagde faderen fra værelset til venstre.

«Le responsable est venu vérifier quel est le problème.»

"Chefen er kommet for at undersøge, hvad problemet er."

« Il vous a demandé pourquoi vous n'aviez pas pris le premier train. »

"Han spurgte, hvorfor du ikke tog det tidlige tog."

« Nous ne savons pas quoi lui dire », a déclaré le père.
"Vi ved ikke, hvad vi skal sige til ham," sagde faderen.
« D'ailleurs, il souhaite également vous parler
personnellement. »
"Forresten, han vil også gerne tale med dig personligt."
« Veuillez ouvrir la porte, afin qu'il puisse vous parler. »
"Åbn venligst døren, så han kan tale med dig."
« Il aura la gentillesse d'excuser le désordre dans la chambre.
»
"Han vil være venlig nok til at undskylde rodet i rummet."
« Bonjour, Monsieur Samsa », lui lança le directeur.
"Godmorgen, hr. Samsa," råbte bestyreren til ham.
Et il lui a certainement parlé de manière amicale.
Og han talte bestemt venligt til ham.
« Il ne se sent pas bien », dit la mère au gérant.
"Han har det ikke godt," sagde moderen til bestyreren.
« Il ne va pas bien du tout, croyez-moi, cher manager. »
"Han har det slet ikke godt, tro mig, kære bestyrer."
« Sinon, pourquoi Gregor aurait-il raté le train du matin ? »
"Hvorfor skulle Gregor ellers misse morgentoget?"
«Le garçon ne pense qu'à ses affaires.»
"Drengen har ikke andet i tankerne end forretningen."
« Cela m'agace presque qu'il ne fasse rien d'autre. »
"Det irriterer mig næsten, at han ikke laver andet."
« J'aimerais qu'il sorte le soir pour prendre l'air. »
"Jeg ville ønske, han gik ud om aftenen for at få frisk luft."
« Il était en ville pendant huit jours pour affaires. »
"Han var i byen i otte dage i forbindelse med forretninger."
« Mais il était chez lui tous les soirs. »
"Men så var han hjemme hver af de aftener"
«Il s'assoit à notre table et lit le journal.»
"Han sidder ved vores bord og læser avisen."
« À d'autres moments, il étudie les horaires des trains. »
"På andre tidspunkter studerer han togenes køreplaner."
«Il lui arrive de s'occuper en faisant de la menuiserie.»
"Nogle gange holder han sig selv beskæftiget med
tømrerarbejde."

« Par exemple, il a sculpté un petit cadre photo en bois. »

"For eksempel udskårede han en lille træramme med billeder."

« Pendant deux ou trois soirées, il était occupé avec la scie. »

"I to eller tre aftener var han travlt optaget af saven."

«Vous serez étonné(e) de voir à quel point le cadre photo est joli.»

"Du vil blive forbløffet over, hvor smuk billedrammen er."

«Il a accroché le cadre photo dans sa chambre.»

"Han har hængt billedrammen op på sit værelse."

« Quand il ouvrira la porte, vous verrez ses boiseries. »

"Når han åbner døren, vil du se hans træværk."

« Au fait, je suis ravi que vous soyez ici, Monsieur Prokurist. »

"Forresten, jeg er glad for, at De er her, hr. Prokurist."

« Nous n'aurions pas pu, à nous seuls, forcer Gregor à ouvrir la porte. »

"Vi alene kunne ikke have fået Gregor til at åbne døren."

« Il est tellement têtu », a avoué sa mère au vendeur.

"Han er så stædig," indrømmede hans mor over for ekspedienten.

« Il est certainement malade, même s'il l'a nié auparavant. »

"Han er bestemt syg, selvom han benægtede det før."

« J'arrive tout de suite », dit Gregor lentement et prudemment.

"Jeg kommer straks," sagde Gregor langsomt og forsigtigt.

Mais il ne fit aucun mouvement vers la porte de la pièce.

Men han bevægede sig ikke hen imod døren til værelset.

Il ne voulait pas perdre un seul mot de la conversation.

Han ville ikke miste et ord af samtalen.

Le chef de bureau a approuvé l'évaluation de la mère.

Chefsekretæren var enig i moderens vurdering.

« Je ne peux pas l'expliquer autrement non plus, madame. »

"Jeg kan heller ikke forklare det på nogen anden måde, frue."

« Espérons tous qu'il ne souffre d'aucune maladie grave », a-t-il déclaré.

"Lad os alle håbe, at han ikke bliver alvorligt syg," sagde han.

« D'un autre côté, c'est un risque pour notre secteur. »

"På den anden side er det en fare i vores branche."

« Nous, les hommes d'affaires, devons souvent surmonter un certain malaise. »

"Vi forretningsfolk skal ofte overvinde ubehag."

« Les professionnels doivent simplement faire abstraction des petites douleurs. »

"Professionelle skal bare klare sig igennem små smerter."

Pendant ce temps, son père frappa de nouveau à l'autre porte.

Imens bankede hans far på den anden dør igen.

« Le chef de bureau peut-il entrer maintenant ? » demanda-t-il.

"Kan chefsekretæren komme ind nu?" ville han vide.

« Non, il ne peut pas », répondit Gregor à la question de son père.

"Nej, det kan han ikke," svarede Gregor på sin fars spørgsmål.

Un silence gênant s'installa dans la pièce de gauche.

En akavet stilhed faldt i rummet til venstre.

Dans la pièce de droite, la sœur se mit à sangloter.

I værelset til højre begyndte søsteren at hulke.

Pourquoi la sœur n'était-elle pas partie rejoindre les autres ?

Hvorfor var søsteren ikke gået hen for at være sammen med de andre?

Elle venait probablement de se lever, pensa-t-il.

Hun var sikkert lige stået op af sengen, tænkte han.

Elle n'a peut-être même pas encore commencé à s'habiller.

Hun er måske slet ikke begyndt at klæde sig på endnu.

Mais Gregor ne comprenait pas pourquoi elle pleurait.

Men Gregor kunne ikke forstå, hvorfor hun græd.

Était-ce parce qu'il ne s'était pas levé pour laisser entrer le directeur ?

Var det fordi han ikke rejste sig og lukkede lederen ind?

Était-ce parce qu'il risquait de perdre son emploi ?

Var det fordi han var i fare for at miste sit job?

Le patron pourrait-il s'en prendre aux parents comme avant ?

Mon chefen kommer efter forældrene ligesom før?

Allait-il leur formuler à nouveau les mêmes exigences qu'auparavant ?
Ville han stille de gamle krav til dem igen?
Il n'y avait probablement pas lieu de s'inquiéter de ces choses-là.
Disse ting behøvede man nok ikke at bekymre sig om.
Pour le moment, elle n'avait aucune raison de pleurer.
Foreløbig havde hun ingen grund til at græde.
Gregor était toujours là, subvenant aux besoins de sa famille.
Gregor var stadig her og forsørgede familien.
Et il n'a jamais eu l'intention de quitter sa famille.
Og han havde aldrig nogen intentioner om at forlade familien.
Pour le moment, il restait simplement allongé là, sur le tapis.
Foreløbig lå han bare der på gulvtæppet.
La famille ignorait son état.
Familien vidste ikke, hvilken tilstand han var i.
S'ils avaient su, ils n'auraient pas encouragé son patron.
Hvis de havde vidst det, ville de ikke have opmuntret hans chef.
Ils n'auraient même pas laissé entrer le gérant.
De ville ikke engang have lukket bestyreren ind i huset.
Le refouler n'aurait pas été particulièrement impoli.
At afvise ham ville ikke have været særlig uhøfligt.
Il aurait facilement pu trouver une excuse convenable plus tard.
Han kunne nemt have fundet en passende undskyldning senere.
Ce n'était pas un motif de licenciement.
Det var ikke noget, han kunne være blevet fyret for.
Gregor pensait qu'il serait plus judicieux de le laisser tranquille désormais.
Gregor følte, at det ville være mere fornuftigt at blive overladt til sig selv nu.
Le déranger en pleurant et en parlant n'a pas beaucoup aidé.
At forstyrre ham med gråd og snak opnåede ikke meget.
Mais c'était l'incertitude qui inquiétait les autres.

Men det var usikkerheden, der generede de andre.

Et c'est cette incertitude qui a excusé leur comportement.

Og det var denne usikkerhed, der undskyldte deres opførsel.

« Monsieur Samsa », appela le directeur d'une voix forte.

"Hr. Samsa," råbte bestyreren med hævet stemme.

« Qu'est-ce qui se passe avec toi ? » a-t-il voulu savoir.

"Hvad sker der med dig?" ville han vide.

« Tu t'es barricadé dans ta chambre. »

"Du har barrikaderet dig selv på dit værelse."

«Vous ne pouvez répondre que par «oui» ou «non».»

"Du svarer kun med enten et 'ja' eller et 'nej'."

«Vous causez de sérieux soucis à vos parents.»

"Du forårsager dine forældre alvorlige bekymringer."

« Je ne vois pas de bonne raison de les inquiéter. »

"Jeg kan ikke se nogen god grund til, at du skulle bekymre
dem."

« Il y a une autre chose que je mentionnerai en passant. »

"Der er én anden ting, jeg vil nævne i forbifarten."

**«Vous négligez également vos obligations professionnelles
envers nous.»**

"Du forsømmer også dine forretningspligter over for os."

« Une telle irresponsabilité ne vous ressemble pas du tout. »

"Sådan uansvarlighed er helt ude af din karakter."

« Je parle ici au nom de vos parents et de votre patron. »

"Jeg taler her på vegne af dine forældre og din chef."

« Et je vous demande une explication immédiate et claire. »

"Og jeg beder dig om en øjeblikkelig og klar forklaring."

« Je dois dire que tout cela m'étonne vraiment. »

"Det hele forbløffer mig virkelig, må jeg sige."

**« Je pensais vous connaître comme une personne calme et
raisonnable. »**

"Jeg troede, jeg kendte dig som en rolig og fornuftig person."

**« Mais maintenant, tu nous montres une autre facette de toi.
»**

"Men nu viser du os en anden side af dig selv."

**«Vous faites soudain preuve de vos caprices très
particuliers.»**

"Pludselig viser du dine meget ejendommelige luner."
« Mais il pourrait y avoir une explication à votre échec. »
"Men der kan være en forklaring på din fiasko."
« Le patron a mentionné une dette que vous aviez recouvrée pour nous. »
"Chefen nævnte en gæld, du havde inddrevet for os."
« J'ai donné ma parole d'honneur au patron en votre nom. »
"Jeg gav chefen mit æresord på dine vegne."
« Mais maintenant je vois votre obstination incompréhensible. »
"Men nu ser jeg din ubegribelige stædighed."
« Je pourrais encore perdre toute envie de vous aider. »
"Jeg mister måske stadig al lyst til at hjælpe dig."
«Votre sécurité d'emploi n'est en aucun cas totalement stable.»
"Din jobsikkerhed er på ingen måde helt stabil."
« À l'origine, je comptais vous dire tout cela en privé. »
"Jeg havde oprindeligt til hensigt at fortælle dig alt dette privat."
« Mais maintenant je vois que vous voulez que je perde mon temps ici. »
"Men nu ser jeg, at du vil have mig til at spilde min tid her."
«Je ne vois donc aucune raison pour que vos parents ne le sachent pas.»
"Så jeg ser ingen grund til, at dine forældre ikke skulle vide det."
«Vos récentes performances n'ont pas été satisfaisantes.»
"Din seneste præstation har ikke været tilfredsstillende."
« Je reconnais que les ventes sont plus lentes à cette période de l'année. »
"Jeg indrømmer, at salget er langsommere på denne tid af året."
« Mais il n'y a pas de période de l'année où il n'y a pas de ventes. »
"Men der er ingen tid på året, hvor der ikke er salg."
Pendant un instant, Gregor oublia tout ce qui l'entourait.
Et øjeblik glemte Gregor alt omkring sig.

« Mais Monsieur Prokurist ! » s'écria Gregor, désespéré.

"Men hr. Prokurist," udbrød Gregor fortvivlet.

« J'ouvre la porte tout de suite, maintenant, ne vous inquiétez pas. »

"Jeg åbner døren med det samme, lige nu, bare rolig."

«Le problème, c'est que je ne me sens pas très bien.»

"Problemet er, at jeg har haft det ret dårligt."

« Mes vertiges m'ont empêché d'atteindre la porte. »

"Min svimmelhed forhindrede mig i at komme hen til døren."

« Je suis encore au lit, mais je me sens beaucoup mieux. »

"Jeg ligger stadig i sengen, men jeg har det meget bedre."

«Un instant, s'il vous plaît, je viens de me lever.»

"Et øjeblik, tak, jeg står lige op af sengen."

« Un instant de patience, c'est tout ce que je vous demande, Monsieur Prokurist. »

"Et øjebliks tålmodighed er alt, hvad jeg beder om, hr. Prokurist."

« Ça ne se passe pas aussi bien que je le pensais, mais ça ira. »

"Det går ikke så godt, som jeg troede, men det skal nok gå."

« Comment une telle chose peut-elle arriver à une personne aussi rapidement ? »

"Hvordan kan sådan noget ske for et menneske så hurtigt?"

« Je me sentais bien hier soir, mes parents le savent. »

"Jeg havde det fint i går aftes, det ved mine forældre."

« Mais peut-être avais-je déjà un petit pressentiment à ce moment-là. »

"Men måske havde jeg allerede en lille forudanelse dengang."

«Vous pourriez vous demander pourquoi je ne l'ai pas signalé au bureau.»

"Du spørger måske, hvorfor jeg ikke anmeldte det på kontoret."

« Je pensais que je me sentirais beaucoup mieux demain matin. »

"Jeg troede, jeg ville have det meget bedre igen i morgen."

« On pense toujours qu'ils auront vaincu la maladie d'ici là. »

"Man tror altid, at de vil besejre sygdommen til den tid."
**« Mais je vous en prie ! Épargnez mes parents de ces
accusations ! »**
"Men vær sød! Skån mine forældre for disse beskyldninger!"
« On ne m'a pas dit un mot de ce que vous m'avez dit. »
"Jeg har ikke fået et ord at vide om, hvad du fortalte mig."
**« Il se peut que vous n'ayez pas lu les dernières commandes
que j'ai envoyées. »**
"Du har måske ikke læst de sidste ordrer, jeg sendte ud."
**« Au fait, vous n'avez pas à vous inquiéter pour moi
aujourd'hui. »**
"Forresten, du behøver ikke bekymre dig om mig i dag."
«Je vais quand même prendre le train de huit heures.»
"Jeg tager stadig toget klokken otte."
**« Ces quelques heures de repos m'ont suffisamment
revigoré. »**
"De få timers hvile har styrket mig nok."
« Vous n'avez vraiment pas besoin d'attendre, manager. »
"Der er virkelig ingen grund til, at du venter, chef."
« Moi aussi, je serai bientôt au bureau. »
"Jeg skal også snart selv på kontoret."
**« Et s'il vous plaît, ayez la gentillesse de dire un mot en ma
faveur. »**
"Og vær så venlig at lægge et godt ord ind for mig."
Gregor avait donné son explication assez précipitamment.
Gregor havde udtalt sin forklaring ret hurtigt.
Il ne savait pas vraiment ce qu'il essayait de dire.
Han vidste knap nok, hvad han egentlig prøvede at sige.
**Il s'est approché de la boîte et a essayé de s'en servir pour se
lever.**
Han gik hen til kassen og prøvede at bruge den til at rejse sig
op.
Il avait vraiment l'intention d'ouvrir la porte.
Han havde virkelig til hensigt at åbne døren.
Il souhaitait être reçu par le représentant autorisé.
Han ønskede at blive set af den bemyndigede repræsentant.
Et il voulait régler le problème avec lui personnellement.

Og han ville løse problemet sammen med ham personligt.

Il était impatient de savoir comment les autres réagiraient à son égard.

Han var ivrig efter at vide, hvordan de andre ville reagere på ham.

Ils doivent maintenant être impatients de savoir comment il va.

De må nu også være ivrige efter at se, hvordan han har det.

Il y avait deux façons possibles dont ils pouvaient réagir face à lui.

Der var to mulige måder, de kunne reagere på ham.

Une possibilité était qu'ils aient peur.

En mulighed var, at de ville blive bange.

S'ils avaient peur, alors il n'en était pas responsable.

Hvis de var bange, havde han intet ansvar.

Et alors, il n'aurait plus à s'inquiéter de la situation.

Og så ville han ikke behøve at bekymre sig om situationen.

Mais il y avait aussi une autre possibilité à envisager.

Men der var også en anden mulighed at tænke over.

Peut-être accepteraient-ils sereinement sa personnalité.

Måske ville de roligt acceptere, som han var.

Gregor n'aurait alors aucune raison de se fâcher non plus.

Så ville Gregor heller ikke have nogen grund til at blive ked af det.

Il y aurait encore assez de temps pour prendre le train.

Der ville stadig være tid nok til at nå toget.

Cependant, se tenir debout n'était pas une tâche facile.

Det var dog på ingen måde en nem opgave at stå oprejst.

Lors de ses premières tentatives, il a glissé hors de la boîte.

Ved sine første par forsøg gled han af kassen.

La boîte était trop lisse pour qu'il puisse s'y appuyer.

Kassen var for glat til, at han kunne stå op ad den.

Et finalement, il se donna un dernier effort pour se relever.

Og til sidst gav han sig selv et sidste skub for at rejse sig op.

Il ne prêta plus attention à la douleur qu'il ressentait à l'abdomen.

Han var ikke mere opmærksom på smerten i maven.

Peu importe l'intensité de la douleur, il la surmonterait.
Uanset hvor meget smerten var, ville han komme igennem
den.
Il se laissa tomber contre le dossier d'une chaise voisine.
Han lod sig falde mod ryglænet på en stol i nærheden.
Et il s'accrochait aux bords avec ses petites jambes.
Og han holdt fast i kanterne med sine små ben.
À ce stade, il avait repris le contrôle de lui-même.
På dette tidspunkt havde han fået mere kontrol over sig selv.
Et sa chute fut plus silencieuse que la précédente.
Og hans fald var mere stille end det foregående.
Parce qu'il devait écouter ce que disait le manager.
Fordi han var nødt til at lytte til, hvad lederen sagde.
**« Avez-vous compris quelque chose à tout cela ? » demanda-
t-il aux parents.**
"Forstod I noget af det?" spurgte han forældrene.
« Il ne se moquerait pas de nous, n'est-ce pas ? »
"Han ville vel ikke gøre os til grin?"
« Pour l'amour de Dieu ! » s'écria la mère, déjà en larmes.
"For Guds skyld," råbte moderen, allerede grædende.
« Il est peut-être gravement malade et nous le tourmentons. »
"Han er måske alvorligt syg, og vi plager ham."
« Grete ! Grete ! » cria-t-elle à sa fille.
"Grete! Grete!" skreg hun til datteren.
« Maman ? » appela la sœur de l'autre côté.
"Mor?" råbte søsteren fra den anden side.
**Ils ont ensuite communiqué par l'intermédiaire de la
chambre de Gregor.**
Så kommunikerede de gennem Gregors værelse.
« Gregor est très malade et il a besoin de médicaments. »
"Gregor er meget syg, og han har brug for medicin."
«Vous devrez aller chez le médecin immédiatement.»
"Du bliver nødt til at gå til lægen med det samme."
« Tu as entendu comment Gregor parlait tout à l'heure ? »
"Hørte du, hvad Gregor lige talte på?"
« C'était la voix d'un animal », a déclaré le gérant.
"Det var et dyrs stemme," sagde bestyreren.

Ses paroles étaient douces comparées aux cris de la mère.
Hans ord var stille sammenlignet med moderens skrig.
« Anna ! Anna ! » appela le père depuis l'antichambre.
"Anna! Anna!" råbte faderen gennem forværelset.
Et il a claqué des mains pour attirer leur attention.
Og han klappede i hænderne for at få deres opmærksomhed.
« Appelez immédiatement un serrurier ! » ordonna-t-il à la bonne.
"Få fat i en låsesmed med det samme!" beordrede han stuepigen.
Les filles, en jupes, traversèrent l'antichambre en courant.
Pigerne løb gennem forværelset i deres nederdele.
Et leurs jupes bruissaient lorsqu'elles passèrent en courant devant sa chambre.
Og deres nederdele raslede, da de løb forbi hans værelse.
« Comment sa sœur a-t-elle fait pour s'habiller si vite ? » se demanda-t-il.
"Hvordan fik søsteren tøj på så hurtigt?" tænkte han.
La porte a été arrachée, mais elle n'a pas été claquée.
Døren blev revet op, men den blev ikke smækket i.
C'est fréquent dans les maisons où survient un grand malheur.
Dette er almindeligt i hjem, hvor der sker en stor ulykke.
Mais tout cela avait considérablement apaisé Gregor.
Men alt dette havde fået Gregor til at blive meget roligere.
Quand il entendait ses propres paroles, elles lui paraissaient claires.
Da han hørte sine egne ord, virkede de klare for ham.
En fait, il estimait que ses paroles avaient été plus claires.
Faktisk følte han, at hans ord havde været klarere.
Mais les autres ne comprenaient plus ce qu'il disait.
Men de andre forstod ikke længere, hvad han sagde.
Peut-être s'était-il habitué à ses oreilles à ce moment-là.
Måske var han nu blevet vant til sine ører.
Mais au moins, ils comprenaient maintenant mieux sa situation.
Men i det mindste forstod de nu hans situation bedre.

Ils se sont rendu compte qu'il y avait vraiment quelque chose qui n'allait pas chez lui.

De indså virkelig, at der var noget galt med ham.

Et ils faisaient maintenant tout leur possible pour l'aider.

Og nu gjorde de alt, hvad de kunne, for at hjælpe ham.

Cela redonna à Gregor un sentiment de confiance qui lui manquait.

Dette gav Gregor en følelse af selvtillid, han manglede.

Et il se sentait de nouveau beaucoup plus en sécurité au sein de sa famille.

Og han følte sig meget mere tryg igen i familien.

Il avait le sentiment d'être à nouveau intégré au cercle humain.

Han følte, at han igen var en del af den menneskelige kreds.

Il ne lui restait plus qu'à espérer que le serrurier puisse ouvrir la porte.

Nu måtte han håbe, at låsesmeden kunne åbne døren.

Et il espérait que le médecin serait capable d'accomplir de telles tâches.

Og han håbede, at lægen kunne udføre sådanne opgaver.

Il allait bientôt devoir reprendre la parole.

Han skulle snart snakke mere igen.

Il allait falloir que sa voix soit aussi claire que possible.

Hans stemme skulle være så klar som muligt.

Pour se préparer à la réunion, il s'éclaircit la gorge.

For at forberede sig til mødet rømmede han sig.

Il s'efforçait toutefois de tousser très discrètement.

Han gjorde dog sit bedste for kun at hoste meget stille.

Ce bruit pouvait être différent d'une toux humaine.

Lyden kan have lydt anderledes end en menneskelig hoste.

Il savait qu'il ne pouvait plus faire la différence entre de telles choses.

Han vidste, at han ikke længere kunne skelne mellem den slags ting.

Dans la pièce voisine, le silence était total.

I det næste rum var der blevet helt stille.

Les parents étaient probablement assis à table.

Forældrene sad sandsynligvis ved bordet.

Ils chuchotaient peut-être avec le gérant.

De har måske hvisket med lederen.

Peut-être que tout le monde était appuyé contre la porte et écoutait.

Måske lænede alle sig ved døren og lyttede.

Gregor poussa lentement la chaise vers la porte.

Gregor skubbede langsomt stolen hen mod døren.

Il s'appuya contre la porte et se tint droit.

Han skubbede sig mod døren og rankede sig op.

Il a découvert que la plante de ses pieds était légèrement collée.

Han fandt ud af, at hans fodpuder havde lidt lim.

Et il se reposa là un instant, épuisé.

Og han hvilede sig der et øjeblik fra anstrengelsen.

Après s'être suffisamment reposé, il s'attela à la tâche suivante.

Efter at have hvilet sig nok, begyndte han på den næste opgave.

Il commença à tourner la clé dans la serrure avec sa bouche.

Han begyndte at dreje nøglen i låsen med munden.

Malheureusement, il semblait qu'il n'avait pas de dents.

Desværre så det ud til, at han ikke havde nogen rigtige tænder.

Mais quel autre moyen avait-il pour s'emparer des clés ?

Men hvilken anden måde havde han at få fat i nøglerne på?

Heureusement pour lui, ses mâchoires étaient bien sûr très fortes.

Heldigvis for ham var hans kæber selvfølgelig meget stærke.

Grâce à la force de ses mâchoires, il a vraiment réussi à faire bouger la clé.

Med hjælp fra sine kæber fik han virkelig nøglen i gang.

Il ne doutait pas qu'il se faisait du mal à lui-même également.

Han var ikke i tvivl om, at han også forvoldte sig selv skade.

Parce qu'un liquide brunâtre sortait de sa bouche.

Fordi der kom en brun væske ud af hans mund.

Le liquide brunâtre a coulé sur la clé et le long de la porte.

Den brune væske flød over nøglen og ned ad døren.

Mais Gregor ne se souciait pas de se faire du mal.

Men Gregor var ligeglad med, at han skadede sig selv.

« Vous entendez ça ? » demanda le gérant dans la pièce voisine.

"Kan du høre det?" spurgte bestyreren i det næste værelse.

« Il tourne la clé », avait remarqué le gérant.

"Han drejer nøglen," havde lederen bemærket.

Ces paroles furent un grand encouragement pour Gregor.

Disse ord var en stor opmuntring for Gregor.

Mais le père et la mère auraient également dû crier :

Men far og mor burde også have råbt:

« Bien joué, Gregor ! » auraient-ils dû lui crier.

"Godt, Gregor," burde de have råbt til ham.

«Continue, continue de tourner la clé, tu peux le faire.»

"Bliv ved, bliv ved med at dreje nøglen, du kan klare det."

Mais Gregor dut plutôt imaginer leur enthousiasme.

Men i stedet måtte Gregor forestille sig deres begejstring.

Il serra les mâchoires de toutes ses forces.

Han kneb kæberne sammen med al den styrke, han havde.

Et il continua à tourner la clé dans la serrure.

Og han fortsatte med at dreje nøglen rundt i låsen.

Son corps se tordit douloureusement en un cercle.

Smertefuldt vred hans krop sig rundt i en cirkel.

Il ne tenait plus debout qu'avec sa bouche.

Nu holdt han sig oprejst kun med munden.

Pour continuer à tourner la clé, il appuya contre la porte.

For at blive ved med at dreje nøglen pressede han mod døren.

Finalement, le claquement de la serrure réveilla de nouveau Gregor.

Endelig vækkede låsens snap Gregor igen.

« Je n'avais donc pas besoin du serrurier », soupira-t-il de soulagement.

"Så jeg behøvede ikke låsesmeden," sukkede han lettet.

Il ne lui restait plus qu'à ouvrir la porte qu'il avait déverrouillée.

Nu skulle han bare åbne den dør, han havde låst op.

Et, la tête sur la poignée, il ouvrit la porte.

Og med hovedet på håndtaget åbnede han døren.

Il se trouvait derrière la porte qui donnait sur sa chambre.

Han stod bag døren, som åbnede ind til hans værelse.

La porte était donc déjà ouverte avant même qu'on puisse le voir.

Så døren var allerede åben, før han kunne ses.

Il lui fallait ensuite se faufiler autour de la porte elle-même.

Dernæst måtte han manøvrere sig rundt om selve døren.

Ce mouvement difficile a également nécessité beaucoup d'efforts.

Denne vanskelige bevægelse krævede også en stor indsats.

Il ne voulait pas tomber maladroitement dans la pièce voisine.

Han ville ikke falde klodset ind i det næste rum.

Il n'avait donc pas le temps de prêter attention à quoi que ce soit d'autre.

Så han havde ikke tid til at fokusere på andet.

Mais il entendit alors le chef de bureau s'exclamer bruyamment : « Oh ! »

Men så hørte han chefsekretæren udbryde et højt "Åh!"

On aurait dit que le vent soufflait en rafales dans la maison.

Det lød som om vinden susede gennem huset.

Il se trouvait être celui qui était le plus proche de la porte.

Han var tilfældigvis den, der var tættest på døren.

Et maintenant, en le voyant, il porta sa main à sa bouche.

Og nu, da han så ham, pressede han hånden for munden.

Il recula lentement, s'éloignant de Gregor.

Han bevægede sig langsomt baglæns, væk fra Gregor.

Mais c'était comme si une force invisible agissait sur lui.

Men det var som om en usynlig kraft virkede på ham.

La première chose que fit la mère fut de regarder le père.

Det første moderen gjorde var at se på faderen.

Malgré la présence du gérant, ses cheveux étaient en désordre.

Trods bestyrerens tilstedeværelse var hendes hår ujævnt.

Elle déplia les bras et fit deux pas en avant.
Hun foldede armene ud og tog to skridt frem.
Mais elle s'est effondrée au milieu de sa jupe.
Men så kollapsede hun midt i sin nederdel.
Sa robe s'est étalée tout autour d'elle sur le sol.
Hendes kjole spredte sig rundt om hende på gulvet.
Et sa tête disparut sur sa poitrine.
Og hendes hoved forsvandt ned på hendes egne bryster.
Le père serra le poing avec une expression hostile.
Faderen knyttede næven med et fjendtligt udtryk.
Il semblait vouloir que Gregor soit renvoyé dans sa chambre.
Han virkede til at ville have Gregor skubbet tilbage ind på sit værelse.
Il jeta ensuite un regard incertain autour du salon.
Så kiggede han usikkert rundt i stuen.
Et finalement, il se couvrit les yeux entre ses mains.
Og til sidst dækkede han øjnene mellem hænderne.
Et il pleura amèrement jusqu'à ce que sa poitrine puissante tremble.
Og han græd bitterligt, indtil hans mægtige bryst rystede.
Gregor n'est en réalité pas entré dans leur chambre.
Gregor gik faktisk slet ikke ind på deres værelse.
Au lieu de cela, il s'appuya contre le cadre de la porte.
I stedet lænede han sig op ad dørkarmen.
Seule la moitié de son corps était visible de l'extérieur.
Kun halvdelen af hans krop var synlig for dem udenfor.
Et sur son corps reposait sa tête, inclinée sur le côté.
Og oven på hans krop var hans hoved, vippet til siden.
La lumière était désormais devenue beaucoup plus vive qu'auparavant.
Nu var lyset blevet meget klarere end før.
On pouvait désormais voir clairement l'autre côté de la rue.
Nu kunne man tydeligt se den anden side af gaden.
Une partie de l'hôpital gris et interminable se dévoila.
En del af det endeløse, grå hospital åbenbarede sig.

La pluie matinale n'avait pas encore complètement cessé de tomber.

Morgenregnet var ikke helt holdt op med at falde endnu.

Mais maintenant, les gouttes de pluie étaient plus grosses et plus espacées.

Men nu var regndråberne større og længere fra hinanden.

Les plats du petit-déjeuner étaient disposés en abondance sur la table.

Morgenmadsretterne var på bordet i overflod.

Le père considérait le petit-déjeuner comme le repas le plus important.

Faderen mente, at morgenmaden var det vigtigste måltid.

Le petit-déjeuner était un repas qu'il s'éternisait pendant des heures.

Morgenmaden var et måltid, han trak ud i timevis.

Et pendant ces heures, il lisait les différents journaux.

Og i disse timer læste han de forskellige aviser.

Juste en face, sur le mur, était accrochée une photo de Gregor.

Lige på den modsatte væg hang et fotografi af Gregor.

La photographie accrochée au mur le montrait en lieutenant.

Fotografiet på væggen viste ham som løjtnant.

C'était une photo de l'époque où il était dans l'armée.

Det var et billede fra dengang han var i militæret.

Sa main était posée sur son épée, et il arborait un sourire insouciant.

Hans hånd var på sit sværd, og han havde et ubekymret smil.

Sa posture et son uniforme imposaient un certain respect.

Hans kropsholdning og hans uniform krævede en vis respekt.

L'autre porte qui menait à l'antichambre était également ouverte.

Den anden dør, der førte ind til forværelset, var også åben.

Et la porte de l'appartement était encore ouverte elle aussi.

Og døren ind til lejligheden var stadig åben.

On pouvait voir jusqu'à la cour de l'immeuble.

Man kunne se hele vejen til lejlighedens forgård.

Puis les escaliers descendaient sur la rue en contrebas.

Og så førte trappen ned til gaden nedenfor.

Gregor était le seul à avoir gardé son sang-froid.

Gregor var den eneste, der havde bevaret fatningen.

Il a constaté cela, la conversation était donc de sa responsabilité.

Han så dette, så samtalen var hans ansvar.

« Bon, je vais m'habiller pour le travail maintenant », dit-il.

"Nå, jeg skal lige til at klæde mig på til arbejde," sagde han.

« Une fois que j'aurai emballé les échantillons de tissu, je partirai. »

"Når jeg har pakket tekstilprøverne, går jeg."

«Vous comptez toujours me tirer dessus, Monsieur Prokurist ?»

"Har De stadig til hensigt at fyre mig, hr. Prokurist?"

« Comme vous pouvez le constater, je ne suis pas aussi têtue que vous le pensiez. »

"Som du kan se, er jeg ikke så stædig, som du troede."

« Et vous pouvez constater que j'aime bien travailler, après tout. »

"Og du kan se, at jeg trods alt godt kan lide at arbejde."

« Je peux admettre que voyager pour le travail n'est pas facile. »

"Jeg kan indrømme, at det ikke er nemt at rejse i forbindelse med arbejdet."

« Mais je peux aussi accepter que cela fasse partie de mon travail. »

"Men jeg kan også acceptere, at det er en del af mit arbejde."

« Chef de projet, où allez-vous ? Retournez-vous au bureau ? »

"Leder, hvor skal du hen? Tilbage til kontoret?"

« Allez-vous rapporter fidèlement tout ce que vous avez vu ? »

"Vil du ærligt fortælle alt, hvad du har set?"

«Il arrive parfois qu'on soit dans l'incapacité d'aller travailler.»

"Nogle gange sker det, at man ikke kan gå på arbejde."

« C'est le moment idéal pour se souvenir des succès passés. »

"Det er det rette tidspunkt at mindes tidligere præstationer."
« Une fois la difficulté surmontée, on travaille encore mieux. »
"Efter at have fjernet vanskeligheden, fungerer man endnu bedre."
« Ma diligence et ma concentration vont augmenter. »
"Min flid og koncentration vil stige."
«Vous savez très bien que je suis redevable envers le patron.»
"Du ved udmærket godt, at jeg står i gæld til chefen."
« Mais je suis aussi inquiète pour mes parents et ma sœur. »
"Men jeg er også bekymret for mine forældre og min søster."
« Je suis dans une situation délicate, mais je vais m'en sortir. »
"Jeg er i en vanskelig situation, men jeg skal nok finde en løsning."
« Ne compliquez pas davantage les choses. »
"Gør det ikke vanskeligere, end det allerede er."
« En tant que collègues, nous devons aussi nous entraider. »
"Som kolleger skal vi også hjælpe hinanden."
« Je sais que les employés de bureau n'aiment pas les voyageurs. »
"Jeg ved, at kontormedarbejderne ikke kan lide de rejsende."
«Vous croyez qu'on gagne des fortunes et qu'on mène une vie confortable.»
"Du tror, vi tjener en formue og lever et godt liv."
« Ils n'ont aucune raison valable de tenir compte de leurs préjugés. »
"De har ingen reel grund til at overveje deres fordomme."
« Mais vous, agent habilité, votre rôle est différent. »
"Men du, bemyndiget officer, har en anden rolle."
«Vous avez une meilleure vue d'ensemble que les autres membres du personnel.»
"Du har et bedre overblik end de andre medarbejdere."
« En fait, je pense que vous avez peut-être la meilleure vue d'ensemble. »
"Faktisk tror jeg, du måske har det bedste overblik."

«Vous avez une meilleure vision d'ensemble que le patron
lui-même.»
"Du har et bedre overblik end chefen selv."
« J'admets que c'est le patron qui fait le travail
d'entrepreneur. »
"Jeg indrømmer, at chefen udfører det iværksættermæssige
arbejde."
« Mais il est facile de se tromper dans ses jugements. »
"Men det er let at vildlede hans vurderinger."
« Et ces petites erreurs de jugement peuvent nous être
préjudiciables. »
"Og disse små fejlvurderinger kan være til skade for os."
«Vous savez combien il est facile de parler du voyageur.»
"Du ved, hvor let det er at tale om den rejsende."
« Il n'est pas là pour défendre sa réputation contre les
rumeurs. »
"Han er ikke der for at forsvare sit omdømme mod sladder."
« Ces accusations peuvent très bien n'être que des
coïncidences. »
"Disse beskyldninger kan nemt bare være tilfældigheder."
« Nombre de ces plaintes ne reposent même sur aucune
vérité. »
"Mange klager er ikke engang forankret i nogen sandhed."
«Il est absent du bureau pendant presque toute l'année.»
"Han er næsten ude af kontoret hele året."
«Quelles chances a-t-il de défendre sa propre réputation ?»
"Hvilken chance har han for at forsvare sit eget omdømme?"
«Il n'a même pas connaissance des accusations.»
"Han får ikke engang at høre om beskyldningerne."
«Il découvre ce qui a été dit lorsqu'il est trop tard.»
"Han finder ud af, hvad der er blevet sagt, når det er for sent."
« À ce stade, il est épuisé par le voyage de la journée. »
"På det tidspunkt er han udmattet efter dagens rejse."
« Il devra de toute façon en subir les terribles conséquences.
»
"Han må alligevel opleve de forfærdelige konsekvenser."
« Même s'il n'a aucun moyen de comprendre le problème. »

"Selvom han ikke har nogen måde at forstå problemet på."

« Oh, manager, ne partez pas sans me dire un mot. »

"Åh, chef, gå ikke uden at sige et ord til mig."

«Dites-moi au moins que vous êtes d'accord avec moi en partie.»

"Sig mig i det mindste, at du delvist er enig med mig."

Mais le directeur s'était détourné de Gregor bien plus tôt.

Men bestyreren havde vendt sig bort fra Gregor meget tidligere.

Son épaule tressaillit lorsqu'il se retourna vers Gregor.

Hans skulder dirrede, da han kiggede tilbage på Gregor.

Et il n'est pas resté immobile une seule fois pendant tout son discours.

Og han stod ikke stille én eneste gang under talen.

Il se retournait vers Gregor, les lèvres pincées.

Han havde set tilbage på Gregor med sammenknibte læber.

Il reculait progressivement vers la porte.

Han havde langsomt trukket sig tilbage mod døren.

Mais il ne pouvait pas non plus détacher son regard de Gregor.

Men han kunne heller ikke tage øjnene fra Gregor.

Il avait l'impression qu'il lui était secrètement interdit de quitter la pièce.

Han følte, at der var et hemmeligt forbud mod at forlade rummet.

Mais à ce stade, il se trouvait déjà dans le hall d'entrée.

Men på dette tidspunkt var han allerede i entréen.

Et soudain, il fit un mouvement vers la sortie.

Og nu gjorde han en pludselig bevægelse mod udgangen.

Il tendit la main droite vers les escaliers.

Han strakte sin højre hånd ud mod trappen.

Peut-être qu'une force surnaturelle attendait pour le sauver.

Måske ventede en overnaturlig kraft på at redde ham.

Gregor savait qu'il ne pouvait pas le laisser partir comme ça.

Gregor vidste, at han ikke kunne tillade ham at gå sådan her.

Le manager ne doit pas revenir dans le même état d'esprit qu'avant.

Manageren må ikke vende tilbage i det humør, han var i.

La sécurité de l'emploi de Gregor était fortement menacée.

Gregors jobsikkerhed var i stor fare.

Les parents ne comprenaient pas tout cela.

Forældrene kunne ikke fuldt ud forstå alt dette.

Au fil des ans, ils s'étaient habitués à sa sécurité d'emploi.

Gennem årene havde de vænnet sig til hans jobsikkerhed.

Et ils étaient convaincus qu'il avait ce poste à vie.

Og de var blevet overbeviste om, at han havde jobbet for livet.

Au lieu de cela, ils s'étaient préoccupés d'autres soucis.

I stedet havde de fået travlt med andre bekymringer.

Mais ces préoccupations leur ont fait perdre toute prévoyance.

Men disse bekymringer førte til, at de mistede al fremsynethed.

Gregor, cependant, n'avait pas perdu la clairvoyance de ses parents.

Gregor havde dog ikke mistet forældrenes fremsyn.

Il a fallu que quelqu'un arrête le représentant autorisé.

Nogen var nødt til at stoppe den bemyndigede repræsentant.

Il allait devoir le calmer et le convaincre.

Han var nødt til at berolige ham og overbevise ham.

L'avenir de Gregor et de sa famille en dépendait !

Gregors og hans families fremtid afhang af det!

Si seulement sa sœur intelligente avait été là pour l'aider.

Hvis bare den intelligente søster havde været her for at hjælpe.

Elle avait déjà pleuré alors que Gregor était encore dans sa chambre.

Hun havde allerede grædt, da Gregor stadig var på sit værelse.

À ce moment-là, il était simplement allongé tranquillement sur le dos.

På det tidspunkt lå han bare stille på ryggen.

Elle connaissait déjà l'importance de la situation à ce moment-là.

Hun vidste allerede vigtigheden af situationen dengang.

Le directeur était connu pour avoir un faible pour les femmes.
Lederen havde et velkendt svaghed for kvinder.
Elle aurait facilement pu le persuader de rester plus longtemps.
Hun kunne nemt have overtalt ham til at blive længere.
Elle aurait fermé la porte et l'aurait fait rentrer.
Hun ville have lukket døren og ført ham ind igen.
Mais malheureusement, sa sœur était partie chercher un médecin.
Men desværre var søsteren gået for at hente en læge.
Gregor n'avait donc pas d'autre choix que de le faire lui-même.
Derfor havde Gregor intet andet valg end at gøre det selv.
Il n'avait pas réfléchi à quelles étaient réellement ses capacités.
Han havde ikke overvejet, hvad hans evner egentlig var.
Et il avait oublié de se méfier de sa capacité à parler.
Og han havde glemt at mistro sin evne til at tale.
Mais il a néanmoins quitté la sécurité de sa chambre.
Men ikke desto mindre forlod han sit værelses sikkerhed.
Et il se faufila par l'ouverture de la pièce.
Og han skubbede sig gennem åbningen i rummet.
Le directeur était déjà en train de descendre les escaliers.
Lederen var allerede på vej ned ad trappen.
Mais il s'accrochait à la rambarde à deux mains.
Men han holdt fast i rækværket med begge hænder.
Gregor tomba en se poussant à travers la porte.
Gregor faldt, da han skubbede sig gennem døren.
Il laissa échapper un petit cri en cherchant un appui.
Han udstødte et lille skrig, mens han greb fat i støtte.
Mais au lieu de paniquer, il a ressenti un bien-être physique.
Men i stedet for panik følte han et fysisk velvære.
Pour la première fois ce matin-là, quelque chose semblait juste.
For første gang den morgen føltes noget rigtigt.
Il avait désormais toutes les jambes bien ancrées au sol.

Alle hans ben havde nu fast jord under sig.

Il était surpris de constater à quel point il contrôlait bien ses jambes.

Han var overrasket over, hvor godt han kunne kontrollere sine ben.

Il était heureux de constater que ses jambes lui obéissaient parfaitement.

Han var glad for at bemærke, at hans ben adlød ham fuldstændigt.

En réalité, ses jambes le portaient partout où il le voulait.

Faktisk bar hans ben ham hvorhen han ville.

Bientôt, tous ses chagrins allaient prendre fin.

Snart ville alle hans sorger være forbi.

Mais au même moment, sa propre mère se leva d'un bond.

Men i samme øjeblik sprang hans egen mor op.

Ses bras étaient tendus et ses doigts écartés.

Hendes arme var strakte ud, og hendes fingre var spredt.

Et elle s'est écriée : « Au secours ! Au nom de Dieu, que quelqu'un m'aide ! »

Og hun råbte: "Hjælp, for Guds skyld, hjælp!"

Elle inclina la tête ; elle voulait mieux voir Gregor.

Hun lagde hovedet på skrå; hun ville se Gregor bedre.

Mais contrairement à sa première action, elle est revenue en courant.

Men som en konklusion på den første handling løb hun tilbage.

Elle avait oublié que la table était mise derrière elle.

Hun havde glemt, at bordet var dækket bag hende.

Tout ce qui était prévu pour le petit-déjeuner était encore sur la table.

Alle tingene til morgenmad var stadig på bordet.

Elle s'assit précipitamment sur la table, comme distraite.

Hun satte sig hurtigt ned på bordet, som om hun var distraheret.

Et elle n'a pas semblé remarquer le café renversé.

Og hun så ikke ud til at bemærke den spildte kaffe.

Le café était maintenant en train d'imbiber la moquette.

Kaffen, som nu var ved at sive ind i tæppet.
« Maman, maman », dit doucement Gregor en levant les yeux vers elle.
"Mor, mor," sagde Gregor sagte og så op på hende.
Pour le moment, le manager ne lui importait pas.
For øjeblikket var manageren ikke vigtig for ham.
Mais il y avait aussi le café qui coulait sur la moquette.
Men der var også kaffen, der dryppede ned på gulvtæppet.
Gregor n'a pas pu s'empêcher de claquer des dents devant le café.
Gregor kunne ikke modstå at knipse med kæberne over kaffen.
La mère se remit à pleurer à cause de son comportement.
Moderen begyndte at græde igen på grund af hans opførsel.
Elle a sauté de la table pour prendre ses distances avec lui.
Hun sprang ned fra bordet for at distancere sig fra ham.
Et elle s'est réfugiée dans les bras de son père.
Og hun løb ind i faderens arme, for at komme i sikkerhed.
Mais Gregor n'avait plus de temps à consacrer à ses parents.
Men Gregor havde ikke tid tilovers for sine forældre nu.
L'agent habilité se trouvait déjà dans l'escalier.
Den autoriserede betjent var allerede på trappen.
Il avait le menton appuyé sur la rambarde, pour regarder à l'intérieur de la maison.
Han havde hagen på rækværket for at kigge ind i huset.
Apparemment, il voulait jeter un dernier coup d'œil au spectacle.
Tilsyneladende ville han have et sidste kig på skuet.
Et Gregor fit un dernier effort pour joindre le directeur.
Og Gregor gjorde et sidste forsøg på at få fat i lederen.
Il courut vers la porte aussi prudemment qu'il le put.
Han løb hen mod døren så sikkert som han kunne.
Mais le chef de bureau devait se douter de quelque chose.
Men chefsekretæren må have mistænkt noget.
Parce qu'il a descendu quelques marches et a disparu.
Fordi han hoppede ned ad flere trin og forsvandt.

« Hein ! » s'écria Gregor, sa voix résonnant dans la cage d'escalier.

"Huh!" råbte Gregor og gav genlyd gennem trappeopgangen.

La fuite du manager sembla également déconcerter son père.

Managerens flugt syntes også at forvirre hans far.

Jusque-là, il était parvenu à garder son calme.

Indtil da havde han formået at forholde sig nogenlunde fattet.

Mais malheureusement, lui aussi a perdu le sang-froid qu'il avait eu.

Men desværre mistede han også den fatning, han havde haft.

Il aurait dû aider Gregor dans sa quête.

Hvad han burde have gjort var at hjælpe Gregor i hans jagt.

Mais, d'une main, il saisit la canne du directeur.

Men han greb bestyrerens stok i den ene hånd.

Et dans l'autre main, il tenait maintenant un journal.

Og i den anden hånd holdt han nu en avis.

Et il entravait désormais directement Gregor dans sa poursuite.

Og han hindrede nu direkte Gregor i hans forfølgelse.

Il s'était placé entre Gregor et la rue.

Han havde placeret sig mellem Gregor og gaden.

Il tapa du pied et agita le bâton et le journal.

Han stampede med fødderne og viftede med stokken og avisen.

Et il forçait activement Gregor à retourner dans sa chambre.

Og han tvang aktivt Gregor tilbage ind på sit værelse.

Aucune des demandes formulées par Gregor n'a été utile.

Ingen af de anmodninger, Gregor forsøgte at fremsætte, hjalp.

Parce qu'aucune de ses demandes n'a été comprise.

Fordi ingen af de anmodninger, han fremsatte, blev forstået.

Il tourna la tête vers un angle plus profond et plus humble.

Han drejede hovedet mod en dybere, mere ydmyg vinkel.

Mais son père répondit en tapant du pied encore plus fort.

Men hans far svarede ved at stampe endnu hårdere med fødderne.

La mère ouvrit une fenêtre, malgré la fraîcheur ambiante.

Moderen åbnede et vindue, trods det kølige vejr.

Et elle enfouit son visage dans ses mains froides.
Og hun pressede ansigtet i hænderne i kulden.
Le vent pouvait désormais traverser tout l'appartement.
Vinden kunne nu passere gennem hele lejligheden.
Un fort courant d'air soufflait de l'escalier vers la ruelle.
En kraftig træk blæste fra trappen ned i gyden.
Les rideaux claquaient sous l'effet du vent violent.
Gardinerne blafrede omkring af den stærke vind.
Et le journal posé sur la table bruissait dans le vent.
Og avisen på bordet raslede i vinden.
Même des feuilles ont été soufflées à l'intérieur de la maison depuis l'extérieur.
Selv nogle blade blev blæst ind i huset udefra.
Le père tapa du pied et poussa sans relâche.
Faderen stampede med fødderne og skubbede ubarmhjertigt.
Et il sifflait et émettait des bruits comme un homme sauvage.
Og han hvæsede og lavede lyde, som en vild mand ville gøre.
Mais Gregor ne s'était pas encore entraîné à marcher à reculons.
Men Gregor havde endnu ikke øvet sig i at gå baglæns.
Même Gregor admettrait que ce mouvement était beaucoup plus lent.
Selv Gregor ville indrømme, at denne bevægelse var meget langsommere.
Tout ce qu'il souhaitait, c'était avoir la possibilité de faire demi-tour.
Alt, hvad han ønskede, var dog muligheden for at vende om.
Il serait alors allé directement dans sa chambre.
Så ville han være gået direkte ind på sit værelse.
Mais il avait trop peur d'impatienter son père.
Men han var for bange for at gøre sin far utålmodig.
Et il y avait la menace d'un coup de bâton.
Og der var truslen om et slag med stokken.
Un tel coup à l'arrière de la tête pourrait être fatal.
Et sådant slag i baghovedet kan være fatalt.
Mais finalement, Gregor n'avait pas d'autre choix.

Men til sidst havde Gregor intet andet valg.

Il s'est rendu compte qu'il ne pouvait même plus marcher droit à reculons.

Han indså, at han ikke engang kunne gå baglæns ligeud.

Il commença à se retourner aussi vite qu'il le put.

Han begyndte at vende sig om så hurtigt som han kunne.

Mais en réalité, ce mouvement de rotation était tout aussi lent.

Men i virkeligheden var denne drejebevægelse lige så langsom.

Et il fut suivi des regards anxieux du père.

Og han blev fulgt af faderens ængstelige blikke.

Peut-être le père avait-il remarqué les bonnes intentions de Gregor.

Måske lagde faderen mærke til Gregors gode intentioner.

Parce qu'il ne l'a pas empêché de se retourner.

Fordi han ikke forstyrrede ham i at vende sig om.

Il a même utilisé le bout de son bâton pour guider la rotation.

Han brugte endda spidsen af sin stav til at styre rotationen.

Mais Gregor aurait préféré que son père ne lui ait pas sifflé dessus !

Men Gregor ønskede stadig, at faderen ikke havde hvæset ad ham!

Le sifflement ne fit qu'ajouter à la confusion du moment.

Hvæsen øgede kun øjeblikkets forvirring.

Puis il a commis une erreur et a tourné dans la mauvaise direction.

Og så lavede han en fejl og drejede den forkerte vej.

Finalement, il a réussi à se tourner dans la bonne direction.

Til sidst lykkedes det ham endelig at se situationen i den rigtige retning.

Et il était satisfait des progrès qu'il avait accomplis.

Og han var tilfreds med de fremskridt, han havde gjort.

Mais un autre problème est alors devenu encore plus évident.

Men så blev det næste problem endnu mere tydeligt.

Son corps était trop large pour passer facilement la porte.
Hans krop var for bred til nemt at passe gennem døren.
Dans son état actuel, le père ne s'en est pas aperçu.
I sin nuværende tilstand bemærkede faderen ikke dette.
Il ne lui vint donc pas à l'esprit d'ouvrir davantage la porte.
Så det faldt ham ikke ind at åbne døren yderligere.
Il y aurait alors eu suffisamment de place pour Gregor.
Så ville der have været plads nok til Gregor.
Sa seule priorité était de faire entrer Gregor dans sa chambre.
Hans eneste prioritet var at få Gregor ind på sit værelse.
Il aurait dû se lever pour passer la porte.
Han skulle have stået op for at komme gennem døren.
Mais le père n'aurait pas permis une telle manœuvre.
Men faderen ville ikke have tilladt sådan en manøvre.
En fait, il le sifflait encore plus sauvagement qu'avant.
Faktisk hvæsede han endnu vildere ad ham end før.
On aurait dit qu'il y avait plus d'un homme qui lui sifflait dessus.
Det lød som mere end bare én mand, der hvæsede ad ham.
Ses revendications semblaient revêtir une nouvelle urgence.
Hans krav syntes at have en ny hastende karakter bag sig.
Il n'y avait vraiment plus de temps à perdre.
Der var virkelig ikke mere tid til at rode rundt nu.
Quoi qu'il arrive, Gregor devait franchir la porte.
Uanset hvad der skete, måtte Gregor komme gennem døren.
Il s'est imposé sans aucun égard pour lui-même.
Han pressede sig igennem uden nogen selvrespekt.
Un côté de son corps fut projeté vers le haut par le mouvement.
Den ene side af hans krop blev tvunget opad af bevægelsen.
Et il était allongé de travers, maladroitement, dans l'embrasure de la porte.
Og han lå akavet og skævt mellem døråbningen.
Un de ses flancs était à vif à cause du frottement contre le bois.
En af hans flanker var gnidet rå mod træet.

Et il avait laissé des taches disgracieuses sur la porte peinte en blanc.

Og han havde efterladt grimme pletter på den hvidmalede dør.

Les jambes d'un de ses côtés pendaient en tremblant dans le vide.

Benene på den ene side af ham hang rystende i luften.

Ses autres jambes étaient douloureusement enfoncées dans le sol.

Hans andre ben var presset smertefuldt ned i gulvet.

Bientôt, il allait se retrouver complètement coincé entre la porte et le mur.

Snart ville han være helt fanget mellem døren.

Et alors, il n'aurait plus pu bouger du tout.

Og så ville han slet ikke have været i stand til at bevæge sig.

Mais le père lui a donné une forte impulsion véritablement libératrice.

Men faderen gav ham et virkelig befriende, kraftigt skub.

Et il tomba, ensanglanté, loin dans sa chambre.

Og han faldt, kraftigt blødende, dybt ind på sit værelse.

Le père claqua la porte derrière lui avec sa canne.

Faderen smækkede døren i bag sig med sin stok.

Et puis, enfin, le calme et la tranquillité revinrent.

Og så var der endelig lidt fred og ro igen.

Deuxième partie
Del to

Gregor ne s'est réveillé que bien plus tard dans la journée.

Gregor vågnede først meget senere på dagen.

Le crépuscule était tombé ; il avait dormi profondément, inconsciemment.

Skumringen var faldet på; han havde sovet tungt og bevidstløs.

Il se serait réveillé même sans avoir été dérangé.

Han ville være vågnet op uden at blive forstyrret.

Parce qu'il se sentait suffisamment reposé et avait bien dormi.

Fordi han følte sig tilstrækkeligt udhvilet og sovet godt.

Mais il crut entendre quelques pas furtifs à l'extérieur.

Men han troede, han hørte nogle flygtige skridt udenfor.

Et quelqu'un aurait pu refermer soigneusement la porte d'entrée.

Og nogen har måske forsigtigt lukket hoveddøren.

La lumière du tramway électrique se projetait faiblement au plafond.

Lyset fra den elektriske sporvogn lå blegt på loftet.

Le dessus du meuble a également reçu un peu de lumière.

Toppen af møblerne fik også lidt lys.

Mais en bas, au niveau de Gregor, il faisait sombre.

Men nede på jorden, på Gregors niveau, var der mørkt.

Ses jambes le poussèrent lentement de nouveau vers la porte.

Hans ben skubbede ham langsomt mod døren igen.

Il était très curieux de voir ce qui s'était passé là-bas.

Han var meget nysgerrig efter at se, hvad der var sket der.

Mais le contrôle de ses antennes n'était pas encore développé.

Men hans kontrol over sine følehorn var endnu ikke udviklet.

Bien qu'il ait commencé à apprécier ces nouveaux capteurs.

Selvom han begyndte at sætte pris på disse nye sensorer.

Une longue et disgracieuse cicatrice semblait lui barrer le flanc gauche.

Et langt ubehageligt ar syntes at løbe ned ad hans venstre side.

La cicatrice lui donnait l'impression de contracter ce côté de son corps.

Arret føltes som om det strammede den side af hans krop.

Il devait donc littéralement boiter en s'appuyant sur ses deux rangées de pattes.

Og derfor måtte han bogstaveligt talt halte på sine to rækker ben.

L'une de ses jambes avait été grièvement blessée ce matin-là.

Det ene ben var blevet alvorligt skadet den morgen.

C'était vraiment un miracle qu'il ne se soit pas cassé plus de jambes.

Det var virkelig et mirakel, at han ikke havde brækket flere ben.

Et il traîna donc sa jambe blessée, inerte, derrière lui.

Og således slæbte han sit skadede ben livløst efter sig.

Lorsqu'il atteignit la porte, il réalisa quelque chose de profond.

Da han nåede døren, indså han noget dybsindigt.

C'était l'odeur de quelque chose qui l'avait attiré là.

Det var lugten af noget, der havde lokket ham derhen.

Quelque chose de comestible avait été laissé pour Gregor dans sa chambre.

Noget spiseligt var blevet efterladt til Gregor på hans værelse.

Des morceaux de pain blanc flottant dans un bol de lait sucré.

Stykker af hvidt brød flyder i en skål med sød mælk.

Il pouvait à peine contenir la joie qui l'habitait.

Han kunne næsten ikke indeholde den glæde, der var indeni ham.

Il avait encore plus faim maintenant que le matin.

Han var endnu mere sulten nu end han var i morges.

Il plongea aussitôt la tête dans le bol de lait.

Han dyppede straks hovedet i skålen med mælk.

Le lait lui recouvrait presque toute la tête, jusqu'aux yeux.

Mælken trængte ud over næsten hele hans hoved, op til
øjnene.
Mais il a rapidement retiré sa tête, amèrement déçu.
Men han trak snart hovedet tilbage, bitterligt skuffet.
**L'alimentation était difficile en raison de la fragilité de son
côté gauche.**
Det var svært at spise på grund af hans sarte venstre side.
Et il ne pouvait manger qu'en haletant de tout son corps.
Og han kunne kun spise ved at gispe med hele kroppen.
Mais ce n'était pas la véritable raison de sa déception.
Men det var ikke den egentlige årsag til hans skuffelse.
Le lait avait toujours été l'un de ses plats préférés.
Mælk havde altid været en af hans yndlingsretter.
Il ne doutait pas que sa sœur s'en souvenait.
Han var ikke i tvivl om, at hans søster havde husket dette.
Et c'est pour cela qu'elle lui avait donné du lait.
Og det var grunden til, at hun havde givet ham mælk.
Il n'a pas su expliquer pourquoi il n'aimait plus le lait.
Han kunne ikke forklare, hvorfor han nu ikke kunne lide
mælk.
Et il se détourna du bol presque à contrecœur.
Og han vendte sig næsten modvilligt væk fra skålen.
Déçu, il retourna en rampant au milieu de la pièce.
Skuffet kravlede han tilbage til midten af rummet.
De là, il pouvait voir à travers la fente de la porte.
Her kunne han se gennem sprækken i døren.
Il pouvait voir que le feu était allumé dans le salon.
Han kunne se, at ilden i stuen var tændt.
Habituellement, à cette heure-ci, le père lisait le journal.
Normalt læste faderen avisen på dette tidspunkt.
Il avait toujours l'habitude de lire à sa mère à voix haute.
Han plejede altid at læse for moderen med hævet stemme.
Parfois, la sœur écoutait aussi les conversations du père.
Nogle gange lyttede søsteren også med på faderen.
**Elle avait toujours parlé à Gregor de ces lectures à voix
haute.**
Hun havde altid fortalt Gregor om denne højtlæsning.

Mais aujourd'hui, aucun son ne provenait de la pièce.

Men i dag kom der ingen lyd fra rummet.

Peut-être cette habitude s'était-elle déjà perdue.

Måske var denne vane allerede gået ud af praksis.

Un silence profond s'était installé dans tout l'appartement.

En dyb stilhed havde sænket sig over hele lejligheden.

Bien qu'il sût que l'appartement n'était certainement pas vide.

Selvom han vidste, at lejligheden bestemt ikke var tom.

« Quelle vie tranquille mène cette famille », pensa Gregor.

"Sikke et stille liv familien lever," tænkte Gregor.

Et il fixa l'obscurité avec une grande fierté.

Og han stirrede ud i mørket med stor stolthed.

Il était fier de la vie qu'il avait pu leur offrir.

Han var stolt af det liv, han havde kunnet give dem.

Il était fier du bel appartement qu'ils occupaient.

Han var stolt af den smukke lejlighed, de boede i.

Mais cette paix était-elle sur le point de connaître une fin tragique ?

Men ville al denne fred få en frygtelig ende?

Allait-on leur ravir leur prospérité ?

Ville deres velstand blive taget fra dem?

Leur bonheur était-il désormais incertain pour l'avenir ?

Var deres tilfredshed nu usikker i fremtiden?

Mais il ne voulait pas se perdre dans de telles pensées.

Men han ville ikke fortabe sig i sådanne tanker.

Pour s'occuper, il grimpait et descendait les murs.

For at holde sig beskæftiget kravlede han op og ned ad væggene.

Durant cette longue soirée, une porte était entrouverte.

I løbet af den lange aften blev en dør åbnet en smule.

Et à un autre moment, l'autre porte s'ouvrit légèrement.

Og på et andet tidspunkt åbnede den anden dør sig lidt.

Mais à chaque fois, les portes se sont refermées aussitôt.

Men begge gange blev dørene hurtigt lukket igen.

De toute évidence, quelqu'un à l'extérieur souhaitait entrer.

Det var tydeligt, at nogen udenfor havde lyst til at komme ind.

Mais ils avaient aussi trop d'inquiétudes à l'idée de venir.
Men de havde også for mange bekymringer omkring at komme ind.
Gregor s'arrêta alors net devant la porte du salon.
Gregor stoppede nu direkte ved stuedøren.
Il était déterminé à trouver un moyen de tenter le visiteur hésitant.
Han var fast besluttet på på en eller anden måde at friste den tøvende gæst.
Il voulait aussi savoir qui était le visiteur.
Og han ville også vide, hvem den besøgende havde været.
Mais ce soir-là, la porte ne fut pas ouverte une troisième fois.
Men den aften blev døren ikke åbnet en tredje gang.
Et Gregor passa son temps à attendre en vain près de la porte.
Og Gregor tilbragte sin tid med at vente ved døren forgæves.
Plus tôt dans la journée, ils avaient tous voulu entrer dans la pièce.
Tidligere på dagen ville de alle gerne ind i rummet.
Maintenant que les portes étaient déverrouillées, ce serait plus facile pour eux.
Nu hvor dørene var ulåste, ville det være lettere for dem.
Mais ils ont choisi de rester de l'autre côté de la pièce.
Men de valgte at blive i den anden ende af rummet.
Gregor remarqua que les clés n'étaient plus dans leurs serrures.
Gregor bemærkede, at nøglerne ikke længere sad i låsen.
Quelqu'un a dû déplacer les clés vers la serrure extérieure.
Nogen må have flyttet nøglerne til den udvendige lås.
Ce n'est que tard dans la nuit que la lumière du salon était éteinte.
Først sent om aftenen blev lyset i stuen slukket.
La famille a dû rester éveillée tout ce temps.
Familien må have været vågen hele tiden.
Et Gregor pouvait clairement les entendre s'éloigner sur la pointe des pieds.
Og Gregor kunne tydeligt høre dem liste væk.

Désormais, personne n'allait venir voir Gregor avant le lendemain matin.

Nu skulle ingen komme til Gregor før om morgenen.

Il eut donc tout le temps d'être seul, de réfléchir en toute tranquillité.

Så han havde lang tid for sig selv til at tænke uforstyrret.

Quelle serait la meilleure façon de réorganiser sa vie maintenant ?

Hvad ville være den bedste måde at omorganisere hans liv på nu?

Mais les hauts murs de la pièce vide l'effrayaient.

Men de høje vægge i det tomme rum skræmte ham.

Il n'avait pas d'autre choix que de s'allonger à plat ventre sur le sol.

Han havde intet andet valg end at lægge sig fladt på jorden.

Et il n'a jamais trouvé la cause de sa peur dans cet espace.

Og han fandt aldrig årsagen til sin frygt i det rum.

C'était la même pièce où il avait vécu pendant cinq ans.

Det var det samme værelse, han havde boet i i fem år.

Semi-consciemment, il fit un mouvement vers le canapé.

Halvbevidst bevægede han sig hen imod sofaen.

Et sans aucune honte, il se cacha sous le canapé.

Og uden skam gemte han sig under sofaen.

Là-bas, il se sentit immédiatement de nouveau très à l'aise.

Dernede følte han sig straks meget godt tilpas igen.

Bien que son dos soit un peu comprimé.

Selvom hans ryg var lidt presset.

Il ne pouvait plus non plus lever la tête sous le canapé.

Han kunne heller ikke længere løfte hovedet under sofaen.

Mais même cela, il préférait éviter de se trouver dans un espace ouvert.

Men selv dette foretrak han at være i et hvilket som helst åbent område.

Il regrettait toutefois que son corps soit si large.

Han fortrød dog, at hans krop var så bred.

Le canapé ne pouvait pas recouvrir entièrement son corps.

Sofaen kunne ikke dække hele hans krop fuldstændigt.

Il est resté sous le canapé toute la nuit.
Han blev under sofaen hele natten.
Il passa la nuit à moitié endormi, troublé par sa faim.
Natten tilbragte han halvt i søvn, forstyrret af sin sult.
**Et le temps qu'il passait éveillé, il le consacrait soit à
s'inquiéter, soit à espérer.**
Og den tid, han var vågen, tilbragte han enten med bekymring
eller håb.
**Mais tous ses vagues espoirs menaient à la même
conclusion.**
Men alle hans vage forhåbninger førte til den samme
konklusion.
**Il n'avait d'autre choix que de rester silencieux pour le
moment.**
Han havde intet andet valg end at forholde sig stille for
øjeblikket.
**Il devait faire preuve de patience et de considération envers
la famille.**
Han måtte vise tålmodighed og hensyn til familien.
C'était le seul moyen de rendre ce désagrément supportable.
Det var den eneste måde at gøre ulejligheden tålelig på.
Le désagrément qu'il imposait désormais à la famille.
Den ulejlighed, han nu påtvang familien.
**Il n'a pas eu à attendre longtemps pour prouver sa
compassion.**
Han behøvede ikke at vente længe på at bevise sin medfølelse.
Tôt le matin, sa sœur jeta un coup d'œil dans sa chambre.
Tidligt om morgenen kiggede søsteren ind på hans værelse.
En réalité, c'était autant la nuit que le matin.
Selvom det egentlig var lige så meget nat som det var morgen.
**Elle était entièrement habillée et semblait éprouver de
l'excitation.**
Hun var fuldt påklædt og virkede til at vise begejstring.
**La solidité de sa décision nouvellement prise pourrait être
mise à l'épreuve.**
Styrken af hans nyligt trufne beslutning kunne blive sat på
prøve.

Elle ne l'a pas immédiatement repéré au premier coup d'œil.

Hun fandt ham ikke med det samme ved første øjekast.

Il devait forcément être quelque part ; il n'aurait pas pu s'envoler.

Han måtte være et sted; han kunne ikke være fløjet væk.

Puis son regard parcourut une seconde fois la pièce.

Men så gled hendes øjne et andet øjeblik hen over rummet.

Et cette fois, elle a aperçu son torse sous le canapé.

Og denne gang fik hun øje på hans torso under sofaen.

Elle était si effrayée qu'elle a perdu tout contrôle d'elle-même.

Hun var så bange, at hun mistede al selvkontrol.

Et sa première réaction fut de claquer la porte à nouveau.

Og hendes første reaktion var at smække døren i igen.

Mais elle a aussi semblé immédiatement regretter son comportement.

Men hun syntes også at fortryde sin opførsel med det samme.

Aussitôt qu'elle eut claqué la porte, elle la rouvrit.

Så snart hun smækkede døren i, åbnede hun den igen.

Et cette fois, elle entra dans la pièce sur la pointe des pieds.

Og denne gang listede hun forsigtigt ind i rummet.

Elle se déplaçait comme si elle rendait visite à une personne gravement malade.

Hun bevægede sig, som om hun besøgte en alvorligt syg person.

Ou bien elle rendait visite à un parfait inconnu.

Eller måske besøgte hun en fuldstændig fremmed.

Gregor poussa sa tête presque jusqu'au bord du canapé.

Gregor skubbede hovedet næsten helt ud til kanten af sofaen.

Et, caché sous le coffre-fort, il l'observait dans la pièce.

Og fra under pengeskabet iagttog han hende i rummet.

Allait-elle remarquer qu'il avait oublié le lait ?

Ville hun bemærke, at han havde glemt mælken?

Il n'avait pas laissé le lait par manque de faim.

Han havde ikke forladt mælken på grund af manglende sult.

Allait-elle lui apporter un autre plat ?

Skulle hun i stedet bringe ham noget andet mad?

Peut-être un plat qui corresponde mieux à ses goûts.
Måske en ret, der passede bedre til hans præferencer.
Mais elle aurait dû remarquer elle-même son appétit.
Men hun ville selv have været nødt til at bemærke hans appetit.
Il aurait préféré mourir de faim plutôt que de lui en parler.
Han ville hellere have sultet end at gøre hende opmærksom på det.
En réalité, il aurait beaucoup aimé le lui dire.
Faktisk ville han meget gerne have fortalt hende det.
Il était vraiment tenté de tirer sur lui depuis sous le canapé.
Han var virkelig fristet til at skyde ud under sofaen.
Il avait envie de se jeter aux pieds de sa sœur.
Han ville kaste sig ned for sin søsters fødder.
Et il voulait lui demander quelque chose de bon à manger.
Og han ville bede hende om noget godt at spise.
Mais la sœur regarda alors le bol de lait.
Men så kiggede søsteren hen mod skålen med mælk.
Elle remarqua aussitôt que le bol était encore plein.
Hun bemærkede straks, at skålen stadig var fuld.
Elle était plutôt surprise que Gregor n'ait rien mangé.
Hun var temmelig overrasket over, at Gregor ikke havde spist noget.
Seul un peu de lait avait été renversé sur le sol.
Kun lidt mælk var blevet spildt på gulvet.
Elle a aussitôt ramassé le bol et l'a emporté.
Hun tog straks skålen op og bar den ud.
Il vit qu'elle ne ramassait pas le bol à mains nues.
Han så, at hun ikke løftede skålen med de bare hænder.
Au lieu de cela, elle ramassa le bol à l'aide d'un des chiffons.
I stedet samlede hun skålen op med en af kludene.
Mais Gregor oublia très vite ce petit détail.
Men Gregor glemte meget hurtigt denne lille detalje.
Il était désormais beaucoup plus enthousiaste à propos d'autre chose.
Han var nu meget mere begejstret for noget andet.
Qu'est-ce qu'elle pourrait apporter à la place du lait ?

Hvad kunne hun medbringe som erstatning for mælken?

Il avait diverses idées sur ce qu'elle pourrait apporter.

Han havde forskellige tanker om, hvad hun kunne medbringe.

Mais la gentillesse de sa sœur a dépassé ses espérances.

Men hans søsters venlighed overgik hans forventninger.

Elle comprit qu'elle devait tester ses nouveaux goûts.

Hun indså, at hun var nødt til at teste hans nye smag.

Elle a donc apporté toute une sélection de plats différents.

Så hun medbragte et helt udvalg af forskellig mad.

Légumes à moitié pourris, os du repas du soir.

Halvrådne grøntsager, ben fra aftensmaden.

De la sauce solidifiée provenant de leur autre repas.

Stivnet sauce fra det andet måltid, de havde spist.

Quelques raisins secs, des amandes, du pain sec, du pain beurré.

Et par rosiner, nogle mandler, tørt brød, smørbrød.

Du pain beurré et salé.

Noget brød, der var blevet smurt og også saltet.

Du fromage que Gregor avait déclaré immangeable il y a deux jours.

Ost som Gregor havde erklæret uspiselig for to dage siden.

Toute cette sélection de nourriture était disposée sur un journal.

Alt dette udvalg af mad blev placeret på en avis.

Elle a également placé un bol d'eau à côté de ses repas.

Og hun satte også en skål med vand ved siden af hans måltider.

Elle savait que Gregor n'aurait pas mangé devant elle.

Hun vidste, at Gregor ikke ville have spist foran hende.

Par respect pour lui, elle quitta de nouveau la pièce.

Så af respekt for ham forlod hun rummet igen.

Et elle a même tourné la clé dans la serrure en partant.

Og hun drejede endda nøglen i låsen, da hun gik.

Mais elle tourna la clé très doucement et avec précaution.

Men hun drejede nøglen meget stille og forsigtigt.

De cette façon, seul Gregor saurait que la porte était verrouillée.

På den måde ville kun Gregor vide, at døren var låst.

Il pouvait désormais s'installer aussi confortablement qu'il le souhaitait.

Nu kunne han gøre det så behageligt for sig selv, som han ville.

Les jambes de Gregor s'agitaient frénétiquement à l'heure du repas.

Gregors ben snurrede, da det var tid til at spise.

Il est à noter qu'il ne ressentait plus aucune gêne.

Det er værd at bemærke, at han ikke længere følte ubehag.

Ses blessures doivent déjà être complètement guéries.

Hans sår må allerede være fuldstændig helet.

Parce qu'il ne ressentait plus ses anciens handicaps.

Fordi han ikke længere mærkede sine tidligere handicap.

Sa nouvelle capacité de guérison le surprit et l'émerveilla.

Hans nye evne til at helbrede overraskede og forbløffede ham.

Il y a plus d'un mois, il s'est coupé le doigt avec un couteau.

For mere end en måned siden skar han sig i fingeren med en kniv.

Il y a encore deux jours, cette blessure le faisait souffrir.

Indtil for to dage siden gjorde såret stadig ondt i ham.

« Suis-je beaucoup moins sensible maintenant ? » pensa-t-il.

"Er jeg meget mindre følsom nu?" tænkte han for sig selv.

À ce moment-là, il suçait déjà goulûment le fromage.

Nu suttede han allerede grådigt på osten.

Il était plus attiré par le fromage que par les autres aliments.

Han var mere tiltrukket af osten end af den anden mad.

Il mangeait rapidement un morceau de fromage après l'autre.

Han spiste hurtigt det ene stykke ost efter det andet.

Ses yeux s'embuèrent de satisfaction à la vue de ce goût.

Hans øjne løbe i vand af tilfredshed over smagen.

Après le fromage, il mangea les légumes et la sauce.

Efter osten spiste han grøntsagerne og saucen.

Cependant, les aliments frais ne lui plaisaient pas.

Den friske mad smagte ham dog ikke godt.

En fait, il ne supportait même pas l'odeur des aliments frais.

Faktisk kunne han ikke engang udstå duften af frisk mad.

Il a même éloigné les autres aliments des aliments frais.

Han slæbte endda den anden mad væk fra den friske mad.

Et il a très vite terminé la nourriture la plus comestible.

Og meget hurtigt spiste han den mest spiselige mad.

Tous ces mets délicieux avaient un effet soporifique sur lui.

Al den lækre mad havde en søvndyssende virkning på ham.

Et il s'allongea paresseusement à l'endroit où il avait mangé.

Og han lå dovent på det sted, hvor han havde spist.

Finalement, sa sœur est revenue prendre de ses nouvelles.

Til sidst kom hans søster tilbage for at se til ham igen.

Elle a eu la prévoyance de tourner la clé très lentement.

Hun havde fremsynet til at dreje nøglen meget langsomt.

Cela a averti Gregor qu'il devait se retirer.

Dette gav Gregor en advarsel om, at han skulle trække sig tilbage.

Étourdi et surpris, il se précipita sous le canapé.

Forvirret og forskrækket skyndte han sig tilbage under sofaen.

Mais rester sous le canapé n'était pas si facile cette fois-ci.

Men det var ikke så nemt at blive under sofaen denne gang.

Son corps s'était un peu arrondi à cause de toute cette nourriture.

Hans krop var blevet lidt rund af al maden.

Et il devait se retenir pour ne pas s'épuiser à nouveau.

Og han måtte beherske sig for ikke at løbe tør igen.

Même si la sœur n'est pas restée longtemps dans la chambre.

Selvom søsteren ikke blev længe på værelset.

Il avait du mal à respirer dans cet espace étroit.

Han kæmpede med at trække vejret under det smalle rum.

Mais il a surmonté ces petites crises d'étouffement.

Men han klarede sig igennem de små kvælningsanfald.

Les yeux exorbités, il observait les agissements de sa sœur.

Med udstående øjne iagttog han søsterens aktiviteter.

La sœur, sans se douter de rien, a tout versé dans un seau.

Den intetanende søster hældte alt i en spand.

Elle s'est non seulement débarrassée de la nourriture que Gregor n'avait pas mangée, mais elle l'a fait.

Hun kasserede ikke blot den mad, Gregor ikke havde spist.

Mais elle jetait aussi la nourriture qu'il n'avait pas touchée.

Men hun kasserede også den mad, han ikke havde rørt ved.

Apparemment, cet aliment n'était plus comestible pour personne.

Tilsyneladende var den mad nu ikke længere spiselig for nogen.

Elle referma ensuite le seau à nourriture avec un couvercle en bois.

Derefter lukkede hun madspanden med et trælåg.

Et avec la nourriture, le seau et la serpillière, elle est partie.

Og med maden, spanden og moppen gik hun.

Gregor n'aurait pas pu attendre beaucoup plus longtemps.

Gregor ville ikke have kunnet vente meget længere.

Dès qu'elle fut partie, il s'échappa de sous le canapé.

Så snart hun var væk, flygtede han væk under sofaen.

Il s'étira et souffla de soulagement.

Og han strakte sig ud og pustede lettet op.

C'est ainsi que Gregor recevait de la nourriture de temps à autre.

Sådan fik Gregor mad fra nu af.

Sa sœur lui a donné à manger une fois, tôt le matin.

Hans søster gav ham mad én gang tidligt om morgenen.

À cette heure-ci, les parents et la bonne dormaient encore.

På dette tidspunkt sov forældrene og tjenestepigen stadig.

Et il a reçu un deuxième repas après le déjeuner de tout le monde.

Og han fik et andet måltid, efter at alle havde spist frokost.

Car à ce moment-là, les parents dormaient aussi un peu.

Fordi på det tidspunkt sov forældrene også lidt.

Et la servante fut envoyée par la sœur faire une course.

Og tjenestepigen blev sendt væk af søsteren i et eller andet ærinde.

Ils n'avaient certainement aucune intention de laisser Gregor mourir de faim.

De havde bestemt ikke til hensigt at sulte Gregor.

Mais ils n'auraient pas voulu le regarder manger non plus.

Men de ville heller ikke have lyst til at se ham spise.

Les informations fournies par la sœur étaient suffisantes.

Det, søsteren nævnte, var tilstrækkelig information.

C'était peut-être sa façon d'épargner aux parents leur chagrin.

Måske var det hendes måde at skåne forældrene for sorgen.

Ils avaient déjà suffisamment souffert de ses actes.

De havde allerede lidt nok under hans handlinger.

Le premier jour s'estompait peu à peu dans les mémoires.

Den første dag var langsomt ved at blive et fjernt minde.

Gregor n'avait aucun moyen de savoir ce qui s'était passé ce jour-là.

Gregor havde ingen måde at vide, hvad der skete den dag.

Comment le serrurier a-t-il été conduit hors de l'appartement ?

Hvordan blev låsesmeden guidet ud af lejligheden?

Quelles excuses ont finalement satisfait le médecin ?

Med hvilke undskyldninger var lægen endelig tilfreds?

Il n'avait trouvé aucun moyen de se faire comprendre.

Han havde ingen måde at gøre sig forståelig på.

Il n'a même pas réussi à communiquer avec sa sœur.

Han formåede ikke engang at kommunikere med sin søster.

Ils en conclurent donc qu'il ne pouvait pas les comprendre.

Og derfor troede de, at han ikke kunne forstå dem.

C'est pourquoi aucun effort ne fut fait pour lui parler.

Og derfor blev der ikke gjort nogen forsøg på at tale med ham.

Sa sœur venait dans sa chambre tous les matins et à midi.

Hans søster kom ind på hans værelse hver morgen og til frokost.

Mais il devait se contenter d'entendre ses soupirs.

Men han måtte nøjes med at høre hendes suk.

Plus tard, elle s'est un peu plus habituée à la forme de Gregor.

Senere vænnede hun sig dog lidt mere til Gregors form.

Et elle se sentait un peu plus libre de faire davantage de remarques.

Og hun følte lidt mere frihed til at komme med flere bemærkninger.

(Même si elle ne s'y habituerait jamais complètement.)

(Selvom hun aldrig ville vænne sig helt til ham.)

Et puis Gregor eut de nouveau l'impression qu'on lui parlait un peu plus.

Og så følte Gregor sig lidt mere tiltalt igen.

Et il a perçu ce qu'il considérait comme des commentaires amicaux.

Og han opfattede, hvad han opfattede som venlige kommentarer.

"Il a apprécié son repas aujourd'hui", ou "il a tout mangé".

"Han nød sin mad i dag," eller "han spiste alt."

Mais cela n'arrivait que lorsqu'il avait fini de manger.

Men det var først, da han havde spist al sin mad.

Mais récemment, cela devenait de plus en plus rare.

Men på det seneste er dette blevet mere og mere sjældent.

« Il touchait à peine à sa nourriture », disait-elle plus souvent maintenant.

"Han rørte næsten ikke sin mad," sagde hun oftere nu.

Et il y avait une pointe de tristesse dans sa voix à chaque fois.

Og der var et strejf af tristhed i hendes stemme hver gang.

Gregor ne pouvait entendre aucune autre nouvelle plus directement.

Gregor kunne ikke høre andre nyheder mere direkte.

Mais il a entendu beaucoup de choses se dire dans les pièces voisines.

Men han overhørte en masse nyheder fra de tilstødende værelser.

Lorsqu'il a entendu des voix, il a couru vers la porte correspondante.

Da han hørte stemmer, løb han hen til den tilsvarende dør.

Et il a plaqué tout son corps contre la porte pour entendre.

Og han pressede hele sin krop mod døren for at høre.

Toutes les conversations le concernaient d'une manière ou d'une autre.

Alle samtaler vedrørte ham på en eller anden måde.

Même lorsque le sujet semblait porter sur autre chose.

Selv når emnet tilsyneladende handlede om noget andet.

Cette observation était particulièrement vraie au début.

Denne observation var især sand i de tidlige dage.

À chaque repas, ils répétaient la même discussion.

Under hvert måltid gentog de den samme diskussion.

Ils ne savaient toujours pas comment se comporter en sa présence.

De var stadig usikre på, hvordan de skulle opføre sig omkring ham.

Mais le même sujet a également été abordé entre les repas.

Men det samme emne blev også diskuteret mellem måltiderne.

Parce qu'il y avait toujours deux membres de la famille à la maison.

Fordi der altid var to familiemedlemmer hjemme.

Personne ne voulait rester seul à la maison.

Ingen havde lyst til at blive alene i huset.

Mais laisser l'appartement vide était également hors de question.

Men at lade lejligheden stå tom var heller ikke muligt.

La femme de ménage était la seule à ne pas être attachée à l'appartement.

Stuepigen var den eneste, der ikke var bundet til lejligheden.

Elle avait déjà demandé à partir dès le premier jour.

Hun havde allerede bedt om at gå på den allerførste dag.

Elle s'est agenouillée et a supplié qu'on la renvoie.

Hun faldt på knæ og bad om at blive afskediget.

La famille ignorait l'étendue des connaissances de la bonne.

Familien vidste ikke, hvor meget stuepigen egentlig vidste.

À ce stade, elle n'en avait pas vu plus que quiconque.

På det tidspunkt havde hun ikke set mere end nogen anden.

Ce qui s'était passé restait un mystère pour la famille.

Hvad der var sket, var stadig et mysterium for familien.

Mais un quart d'heure plus tard, elle fit ses adieux.

Men et kvarter senere sagde hun farvel.

Et elle a remercié la famille, les larmes aux yeux.
Og hun takkede familien med tårer i øjnene.
Mais en réalité, elle les remerciait de l'avoir libérée.
Men egentlig takkede hun dem for at have løsladt hende.
**Ils semblaient lui avoir témoigné la plus grande
bienveillance.**
De syntes at have vist hende den største venlighed.
Elle a même prêté serment, sans qu'on le lui demande.
Hun aflagde endda en ed, uden at blive bedt om det.
Elle a dit qu'elle ne dirait à personne ce qui s'était passé.
Hun sagde, at hun ikke ville fortælle nogen, hvad der var sket.
Désormais, la sœur devait cuisiner avec sa mère.
Nu skulle søsteren lave mad sammen med sin mor.
Mais ce n'était pas vraiment un inconvénient majeur.
Men dette var egentlig ikke til megen ulejlighed.
**Parce que de toute façon, ils n'avaient presque rien mangé
tous les deux.**
Fordi de to næsten ikke spiste noget alligevel.
Gregor surprenait sans cesse la même conversation.
Igen og igen overhørte Gregor den samme samtale.
L'un disait à l'autre qu'il devait manger davantage.
Den ene person sagde til den anden, at de skulle spise mere.
**Mais cette personne n'a reçu aucune réponse de son
interlocuteur.**
Men vedkommende fik intet svar fra personen.
« Merci, j'en ai assez », ou quelque chose de similaire.
"Tak, jeg har nok", eller noget lignende.
Peut-être qu'eux non plus ne buvaient plus rien.
Måske drak de heller ikke noget mere.
**Sa sœur demandait souvent à son père s'il voulait de la
bière.**
Søsteren spurgte ofte sin far, om han ville have øl.
**Et elle a proposé chaleureusement d'aller chercher la bière
elle-même.**
Og hun tilbød varmt at hente øllet selv.
Le père gardait toujours le silence à sa demande.
Faderen forblev altid tavs på hendes anmodning.

La sœur devait donc trouver un moyen de dissiper tout doute.
Så søsteren måtte finde en måde at fjerne enhver tvivl på.
Et elle a dit qu'elle enverrait la bonne chercher de la bière.
Og hun sagde, at hun ville sende stuepigen ud for at hente noget øl.
Mais finalement, le père a dit un grand « non » retentissant.
Men så sagde faderen endelig et stort rungende "nej".
Puis, on n'a plus évoqué le fait qu'il boive une bière.
Så blev emnet om, at han drak en øl, ikke længere nævnt.
Il avait déjà expliqué la situation financière auparavant.
Han havde allerede forklaret den økonomiske situation før.
En fait, il a évoqué les finances dès le premier jour.
Faktisk nævnte han økonomien den allerførste dag.
Il leur a bien fait comprendre quelles étaient les perspectives.
Han gjorde dem godt klar over, hvad udsigterne var.
Sa propre entreprise avait fait faillite il y a environ cinq ans.
Hans egen virksomhed gik konkurs for omkring fem år siden.
De temps en temps, il se levait pour quitter la table.
I ny og næ rejste han sig for at forlade bordet.
Et il se dirigea vers la caisse de son ancien commerce.
Og han gik til kassen i sin gamle forretning.
Il avait conservé la caisse enregistreuse par sentimentalisme.
Han havde gemt kasseapparatet af sentimentalitet.
Gregor l'entendit déverrouiller une serrure lourde et complexe.
Gregor hørte ham låse en tung og kompliceret lås op.
Et il sortit des reçus et des livres de comptes de la caisse.
Og han tog kvitteringer og bøger frem fra kassen.
Après avoir pris les objets, il a refermé la caisse à clé.
Efter at have taget genstandene låste han pengekassen igen.
Gregor n'avait entendu aucune bonne nouvelle depuis son emprisonnement.
Gregor havde ikke hørt nogen gode nyheder siden sin fængsling.
Il pensait que l'entreprise avait ruiné son père.

Han troede, at forretningen havde ruineret hans far.

Le père avait certainement donné cette impression à Gregor.

Faderen havde bestemt givet Gregor det indtryk.

Et Gregor ne lui a plus jamais posé de questions sur les finances.

Og Gregor spurgte ham aldrig mere om finanserne.

Gregor voulait faire tout son possible pour aider la famille.

Gregor ville gøre alt, hvad han kunne, for at hjælpe familien.

Il voulait les aider à oublier leurs difficultés financières.

Han ville hjælpe dem med at glemme den uheldige forretningssituation.

La faillite qui a engendré un désespoir total.

Konkursen, der medførte fuldstændig håbløshed.

Il s'est donc mis à travailler avec une passion toute particulière.

så begyndte han at arbejde med en helt særlig passion.

Il était devenu représentant de commerce itinérant presque du jour au lendemain.

Han var blevet en rejsende sælger næsten natten over.

Avant cela, il n'avait travaillé que comme commis mal payé.

Før det havde han bare arbejdet som en lavtlønnet kontorist.

Il avait désormais des opportunités de gains complètement différentes.

Nu havde han helt andre indtjeningsmuligheder.

Les ventes réussies pouvaient être immédiatement converties en liquidités.

Succesfuldt salg kunne øjeblikkeligt omsættes til kontanter.

L'argent étant bien sûr versé sur ses commissions.

Pengene bliver selvfølgelig udbetalt fra hans provisioner.

Désormais, Gregor pouvait mettre de l'argent sur la table familiale.

Nu kunne Gregor lægge penge på familiebordet.

Et ils étaient étonnés et ravis de ses gains.

Og de var forbløffede og glade over hans fortjeneste.

Mais ces beaux moments ne se reproduiront plus.

Men de smukke tider gentager sig ikke.

Ils commençaient tout juste à s'habituer à cette période faste.

De havde kun lige vænnet sig til disse gode tider.

À chaque paie, la famille acceptait l'argent avec gratitude.

Hver lønningsdag tog familien taknemmeligt imod pengene.

Et Gregor était tout aussi heureux de remettre l'argent.

Og Gregor var lige så glad for at overrække pengene.

Mais la chaleureuse affection qu'elle suscitait en retour s'est peu à peu éteinte.

Men den varme kærlighed, der blev givet til gengæld, døde langsomt.

Seule sa sœur restait aussi proche de Gregor qu'auparavant.

Kun hans søster forblev lige så tæt på Gregor som før.

Elle, contrairement à Gregor, avait une profonde appréciation pour la musique.

Hun havde, i modsætning til Gregor, en dyb værdsættelse af musik.

Et elle savait jouer du violon d'une manière très touchante.

Og hun vidste, hvordan man spillede violin meget rørende.

Gregor avait secrètement prévu de l'envoyer dans une école de musique.

Gregor planlagde i hemmelighed at sende hende på musikskole.

Il n'avait pas encore décidé comment il réglerait les dépenses.

Han havde endnu ikke besluttet, hvordan han ville betale udgifterne.

Mais d'une manière ou d'une autre, il couvrirait les frais.

Men på en eller anden måde skulle han nok dække udgifterne.

De temps en temps, Gregor et sa famille partaient en courts séjours.

Af og til tog Gregor og familien på korte ture.

Gregor et sa sœur abordaient souvent ce sujet.

Gregor og søsteren bragte ofte emnet op.

Mais cela n'a jamais été évoqué que comme une idée merveilleuse.

Men det blev kun nogensinde nævnt som en fantastisk idé.

Ils ne croyaient pas vraiment que ce rêve puisse se réaliser.

De troede ikke rigtig på, at drømmen kunne blive til
virkelighed.
**Et les parents n'appréciaient pas de telles ambitions
fantaisistes.**
Og forældrene brød sig ikke om sådanne fantasifulde
ambitioner.
**Même lorsque le sujet a été abordé de manière tout à fait
innocente.**
Selv når emnet blev bragt op meget uskyldigt.
Mais Gregor continuait de penser à l'école de musique.
Men Gregor fortsatte med at tænke på musikskolen.
Et il prévoyait d'annoncer le cadeau la veille de Noël.
Og han planlagde at annoncere gaven juleaften.
Bien sûr, dans son état actuel, ce serait impossible.
Selvfølgelig ville det være umuligt i hans nuværende tilstand.
Mais ce genre de pensées lui traversait l'esprit.
Men den slags tanker fór gennem hans hoved.
**Et telles étaient les pensées qui lui traversaient l'esprit en
écoutant sa famille.**
Og han havde sådanne tanker, mens han lyttede til familien.
Parfois, il était trop fatigué pour continuer à les écouter.
Til tider blev han for træt til at blive ved med at lytte til dem.
Sa tête s'est affaissée contre la porte, rongée par la fatigue.
Hans hoved faldt mod døren af træthed.
Mais il appuya aussitôt de nouveau sa tête contre la porte.
Men han satte straks hovedet mod døren igen.
Car même le moindre bruit s'entendait à l'extérieur.
Fordi selv den mindste lyd kunne høres udenfor.
**Et le moindre bruit qu'il faisait plongeait la famille dans le
silence.**
Og enhver lyd, han lavede, ville få familien til at blive tavs.
« Que fait-il maintenant ? » demanda le père à sa famille.
"Hvad laver han nu?" spurgte faderen familien.
Il alla à la porte pour vérifier d'où venait le bruit.
Og han gik hen til døren for at tjekke, hvad lyden var.
Puis la conversation interrompue a repris progressivement.
Og så genoptoges den afbrudte samtale gradvist.

Mais les paroles du père ont agréablement surpris tout le monde.
Men hvad faderen sagde, overraskede positivt alle.
Gregor apprit alors la véritable situation financière.
Gregor fik nu at vide, hvordan det stod til med finanserne.
Malgré tous ces malheurs, il y a eu aussi un peu de chance.
Trods alle uheldene var der også lidt held og lykke.
Une petite fortune d'antan était encore là.
En meget lille formue fra gamle dage var der stadig.
Le père a expliqué les choses, mais a dû se répéter.
Faderen forklarede tingene, men måtte gentage sig selv.
Parce qu'il ne s'était pas occupé de ces choses depuis un certain temps.
Fordi han ikke havde beskæftiget sig med disse ting i et stykke tid.
Et parce que la mère ne comprenait pas de telles choses.
Og fordi moderen ikke forstod den slags.
Les taux d'intérêt de la banque avaient légèrement augmenté.
Renterne fra banken var steget en smule.
L'argent non utilisé avait augmenté plus que prévu.
De ubrugte penge var steget mere end forventet.
De plus, Gregor leur avait toujours donné ses économies.
Derudover havde Gregor altid givet dem sine opsparinger.
Il n'avait jamais gardé que quelques florins pour lui-même.
Han havde altid kun beholdt et par gylden til sig selv.
Et son argent n'avait pas été entièrement dépensé.
Og hans penge var heller ikke helt brugt op.
Ensemble, ces sommes avaient constitué un petit capital.
Tilsammen havde disse penge akkumuleret til en lille kapital.
Gregor, derrière sa porte, hocha la tête avec enthousiasme à la nouvelle.
Gregor, bag sin dør, nikkede ivrigt ad nyheden.
Il était ravi de cette prudence et de cette frugalité inattendues.
Han var glad for denne uventede forsigtighed og sparsommelighed.

Les fonds excédentaires auraient pu servir à rembourser la dette.

De overskydende midler kunne have været brugt til at betale gælden.

Ils n'auraient alors plus rien dû au patron.

Så ville de ikke have skyldt chefen noget længere.

Et Gregor aurait pu changer d'emploi bien plus tôt.

Og Gregor kunne have skiftet til et nyt job meget tidligere.

Mais la façon dont le père s'y était pris était bien meilleure maintenant.

Men hvordan faderen arrangerede det, var meget bedre nu.

L'argent ne suffisait pas tout à fait pour vivre des intérêts.

Pengene var ikke helt nok til at leve af renterne.

Et il a fallu mettre de l'argent de côté pour les urgences.

Og der måtte sættes nogle penge til side til nødsituationer.

Cela n'aurait suffi que pour un an ou deux.

Det ville kun have været penge nok til et år eller to.

Cela signifiait que quelqu'un devait gagner de l'argent pour qu'ils puissent vivre.

Det betød, at nogen skulle tjene penge for at kunne leve.

Le père n'était pas malade et il était assez fort.

Faderen var ikke syg, og han var stærk nok.

Mais il était sans emploi depuis plus de cinq ans.

Men han havde været arbejdsløs i mere end fem år.

Et, du fait de son âge, il lui restait peu de confiance en lui.

Og på grund af sin alder havde han meget lidt selvtillid tilbage.

Il avait également pris beaucoup de poids ces derniers temps.

Han havde også taget meget på i vægt på det seneste.

Sa vie avait toujours été ardue et infructueuse.

Hans liv havde altid været besværligt og mislykket.

Et c'étaient les premières vacances qu'il ait jamais prises.

Og dette havde været den første ferie, han nogensinde havde haft.

Et, faute d'être occupé, il était devenu assez maladroit.

Og uden at blive holdt beskæftiget var han blevet ret klodset.

Ne serait-il pas préférable que la vieille mère gagne l'argent ?

Ville det være bedre, hvis den gamle mor tjente pengene?

La vieille mère qui souffrait d'asthme.

Den gamle mor, der havde lidt af astma.

La vieille mère qui peinait à monter les escaliers.

Den gamle mor, der kæmpede med at gå op ad trappen.

La vieille mère qui passait son temps allongée sur le canapé.

Den gamle mor, der tilbragte sin tid liggende på sofaen.

La vieille mère qui préférait rester près de la fenêtre.

Den gamle mor, der foretrak at blive ved vinduet.

Pour qu'elle puisse reprendre son souffle quand elle en aurait besoin.

Så hun kunne få vejret, når hun havde brug for det.

Ne serait-il pas préférable que ce soit la jeune sœur qui gagne l'argent ?

Ville det være bedre, hvis den yngre søster tjente pengene?

La sœur, qui à dix-sept ans n'était encore qu'une enfant.

Søsteren, som som syttenårige stadig bare var et barn.

La sœur qui ne connaissait que quelques modestes plaisirs.

Søsteren, der kun havde få beskedne fornøjelser.

La sœur qui aimait surtout jouer du violon.

Søsteren, der primært nød at spille violin.

Elle savait que son mode de vie antérieur était très enviable ;

Hun vidste, at hendes tidligere levevis var meget misundelsesværdig;

Bien s'habiller, faire la grasse matinée, aider à la maison.

Klædte sig pænt på, vågne sent op, hjælpe til i huset.

La conversation tournait souvent autour de la nécessité de gagner de l'argent.

Samtalen kom ofte ind på behovet for at tjene penge.

Gregor était toujours le premier à lâcher la porte.

Gregor var altid den første til at slippe døren.

Cette conversation l'avait rempli de honte et de chagrin.

Samtalen gjorde ham ophedet af skam og sorg.

Il se laissa donc tomber sur le canapé en cuir qui refroidissait.

Så kastede han sig ned i den kølende lædersofa.
Et il passait souvent le reste de la nuit sur le canapé.
Og han tilbragte ofte resten af natten på sofaen.
Il ne dormait jamais vraiment sur le canapé, ni la nuit.
Han sov aldrig rigtig på sofaen, og heller ikke om natten.
Souvent, il se contentait de gratter le cuir pendant des heures.
Ofte kradsede han bare i læderet i timevis.
D'autres fois, il poussait le fauteuil jusqu'à la fenêtre.
Andre gange skubbede han lænestolen hen til vinduet.
Cela a nécessité à lui seul beaucoup d'efforts de sa part.
Alene dette krævede en stor indsats fra hans side.
Le fauteuil l'a aidé à ramper jusqu'au rebord de la fenêtre.
Lænestolen hjalp ham med at kravle op på vindueskarmen.
Et de là, il put s'appuyer contre la fenêtre.
Og derfra kunne han læne sig op ad vinduet.
Il éprouvait un grand sentiment de liberté en faisant cela.
Han plejede at føle en stor frihed ved at gøre dette.
Peut-être recherchait-il une sensation de liberté d'antan.
Måske ledte han efter en gammel befriende følelse.
Mais sa vue n'était plus aussi perçante qu'avant.
Men hans syn var ikke så skarpt, som det plejede at være.
Les objets situés à une certaine distance étaient flous et indistincts.
Ting i en lille afstand var slørede og utydelige.
Il ne pouvait plus voir l'hôpital de l'autre côté de la rue.
Han kunne ikke længere se hospitalet på den anden side af vejen.
Avant, il maudissait le paysage, maintenant il voulait le voir.
Før havde han forbandet udsigten, nu ville han se den.
Il savait qu'il habitait dans la paisible Charlottenstrasse, en pleine ville.
Han vidste, at han boede i den stille, urbane Charlottenstrasse.
Mais il a peut-être cru qu'il regardait vers le désert.
Men han troede måske, at han kiggede ind i ørkenen.
Un désert où le ciel gris et la terre grise se confondaient.
Et ødemark, hvor grå himmel og grå jord smeltede sammen.

La sœur attentive remarqua à deux reprises que la chaise avait bougé.

To gange bemærkede den opmærksomme søster, at stolen havde flyttet sig.

Après avoir rangé, elle a repoussé la chaise vers la fenêtre.

Efter at have ryddet op, skubbede hun stolen tilbage til vinduet.

Et désormais, elle laissait même la fenêtre ouverte.

Og fra nu af lod hun endda vinduesrammen stå åben.

Gregor aurait vraiment souhaité pouvoir parler à sa sœur.

Gregor ønskede inderligt, at han kunne have talt med sin søster.

Il voulait la remercier pour tout ce qu'elle avait fait pour lui.

Han ville gerne takke hende for alt, hvad hun gjorde for ham.

Il aurait alors plus facilement toléré leurs services.

Så ville han have tolereret deres tjenester lettere.

Mais en l'état actuel des choses, il souffrait de son aide.

Men som det var nu, led han under hendes hjælp.

La sœur, bien sûr, a tenté de dissimuler la gêne.

Søsteren forsøgte selvfølgelig at sløre forlegenheden.

Et elle faisait de son mieux pour feindre de ne pas se sentir accablée.

Og hun gjorde sit bedste for at lade som om, hun ikke følte sig tynget.

Bien sûr, c'est quelque chose qu'elle devait d'abord pratiquer.

Det var selvfølgelig noget, hun skulle øve sig på først.

Et plus le temps passait, plus elle devenait douée.

Og jo mere tid der gik, jo bedre blev hun til det.

Mais Gregor eut également plus de temps pour constater sa supercherie.

Men Gregor fik også mere tid til at se hendes facade.

Même son entrée dans sa chambre était une épreuve pour lui.

Selv hendes indtræden i hans værelse var en prøvelse for ham.

Dès qu'elle est entrée, elle a couru directement vers la fenêtre.

Så snart hun kom ind, løb hun direkte hen til vinduet.

Elle n'a même pas pris le temps de fermer la porte.

Hun tog sig ikke engang tid til at lukke døren.

Normalement, elle épargnait à tout le monde la vue de la chambre de Gregor.

Normalt skånede hun alle for at se Gregors værelse.

Et elle ouvrit brusquement la fenêtre d'un geste rapide.

Og hun rev vinduet op med hastige hænder.

Puis elle reprit sa respiration comme si elle avait suffoqué.

Så trak hun vejret igen, som om hun var ved at blive kvalt.

L'air qui entrait était froid, et elle respira profondément.

Luften, der kom ind, var kold, og hun trak vejret dybt.

Mais elle resta néanmoins un moment près de la fenêtre.

Men ikke desto mindre blev hun ved vinduet et stykke tid.

Elle effrayait Gregor deux fois par jour avec ce rituel.

Hun skræmte Gregor to gange om dagen med denne rutine.

Pendant qu'elle était dans la pièce, il tremblait sous le canapé.

Mens hun var i værelset, rystede han under sofaen.

Il savait qu'elle aurait aimé lui épargner cette épreuve.

Han vidste, at hun gerne ville have skånet ham for prøvelsen.

Mais elle ne pouvait pas rester dans la pièce avec la fenêtre fermée.

Men hun kunne ikke være i rummet med vinduet lukket.

Il y a eu une fois où elle est arrivée un peu plus tôt.

Der var én gang, hvor hun kom lidt tidligere.

Probablement environ un mois après la transformation de Gregor.

Sandsynligvis omkring en måned efter Gregors forvandling.

Elle s'était plus ou moins habituée à sa nouvelle apparence.

Hun havde vænnet sig lidt til hans nye udseende.

Elle n'avait donc plus aucune raison d'être particulièrement choquée.

Så hun havde ingen grund til at være særlig chokeret længere.

Elle le trouva toujours immobile, le regard fixé par la fenêtre.

Hun fandt ham stadig stirrende ud af vinduet, ubevægelig.

Il se trouvait dans le pire endroit où il aurait pu être.
Han var på det mest forfærdelige sted, han kunne have været.
Il n'aurait pas été surpris si elle n'était pas entrée.
Han ville ikke have været overrasket, hvis hun ikke var
kommet ind.
Il l'empêcha d'ouvrir la fenêtre.
Hvor han forhindrede hende i at åbne vinduet.
Elle quitta rapidement la pièce et ferma la porte.
Hun forlod hurtigt rummet igen og lukkede døren.
Un étranger aurait pu tirer toutes sortes de conclusions.
En fremmed kunne være kommet til alle mulige konklusioner.
Peut-être attendait-il simplement l'occasion de la mordre.
Måske ventede han bare på chancen for at bide hende.
Gregor, bien sûr, s'est immédiatement caché sous le canapé.
Gregor gemte sig selvfølgelig straks under sofaen.
Mais il dut attendre midi pour que sa sœur revienne.
Men han måtte vente til middag på, at hans søster kom
tilbage.
Et elle semblait beaucoup plus agitée que d'habitude.
Og hun virkede meget mere rastløs end sit sædvanlige jeg.
Il réalisa que sa vue lui était encore insupportable.
Han indså, at synet af ham stadig var uudholdeligt.
Sa vue allait lui rester insupportable.
Synet af ham ville forblive uudholdeligt for hende.
**Elle ne pouvait probablement pas supporter de le voir,
même partiellement.**
Hun kunne sandsynligvis ikke holde ud at se nogen del af
ham.
Une petite partie dépassait toujours de sous le canapé.
En lille del stak altid ud under sofaen.
Un jour, il transporta un drap sur son dos jusqu'au canapé.
En dag bar han et lagen på ryggen hen til sofaen.
Il voulait lui épargner de voir quoi que ce soit de lui.
Han ville skåne hende for at se nogen del af ham.
Il arrangea le drap de façon à ce qu'il soit entièrement caché.
Han lagde lagnet på, så hele ham var skjult.
Même si elle se baissait, elle ne pourrait pas le voir.

Selv hvis hun bøjede sig ned, ville hun ikke være i stand til at se ham.

L'opération a pris à Gregor plus de trois heures.

Hele indsatsen tog Gregor mere end tre timer.

Elle a peut-être pensé que le drap était inutile.

Hun kunne have troet, at lagnet var unødvendigt.

Elle aurait su qu'il ne voulait pas du drap.

Hun ville have vidst, at han ikke ville have lagnet.

Il le faisait pour son confort, et non pour lui-même.

Han gjorde det for hendes bekvemmeligheds skyld, og ikke for sig selv.

Et elle aurait pu enlever le drap si elle l'avait voulu.

Og hun kunne have fjernet lagnet, hvis hun ville.

Mais elle laissa le drap là où Gregor l'avait mis.

Men hun lod lagnet ligge, hvor Gregor havde lagt det.

Et Gregor crut même avoir aperçu un regard reconnaissant.

Og Gregor troede endda, at han havde fået et taknemmeligt blik.

Il avait doucement soulevé le drap avec sa tête.

Han havde forsigtigt løftet lagnet op med hovedet.

Il voulait savoir si sa sœur appréciait cet arrangement.

Han ville se, om hans søster kunne lide arrangementet.

Les deux premières semaines ont été les plus difficiles pour les parents.

De første to uger var de hårdeste for forældrene.

Ils n'ont pas eu le courage d'entrer et de le voir.

De kunne ikke få sig selv til at komme ind og se ham.

Il a surpris plusieurs de leurs conversations à cette époque.

Han overhørte mange af deres samtaler på dette tidspunkt.

Ils ont pleinement reconnu tout ce que faisait la sœur.

De anerkendte fuldt ud alt, hvad søsteren gjorde.

Même s'ils étaient souvent agacés par elle.

Selvom de ofte plejede at være irriterede på hende.

Parce qu'elle semblait être une fille un peu inutile.

Fordi hun havde virket som en noget ubrugelig pige.

C'étaient maintenant eux qui attendaient de l'autre côté de la pièce.

Nu var det dem, der ventede i den anden side af rummet.

Et c'est elle qui est entrée dans la pièce pour tout faire.

Og det var hende, der gik ind i rummet for at gøre alt.

Dès qu'elle est sortie, ils ont voulu tout savoir.

Så snart hun kom ud, ville de vide alt.

Elle a dû leur décrire précisément l'aspect de la pièce.

Hun var nødt til at fortælle dem præcis, hvordan rummet så ud.

« Qu'est-ce que Gregor a mangé ? Comment s'est-il comporté cette fois-ci ? »

"Hvad spiste Gregor? Hvordan opførte han sig denne gang?"

«Y avait-il peut-être une légère amélioration à constater ?»

"Var der måske en lille forbedring at bemærke?"

La mère, d'ailleurs, était en réalité plus courageuse.

Moderen var i øvrigt faktisk mere modig.

Et bien sûr, c'était son propre fils qui se trouvait dans la pièce.

Og selvfølgelig var det hendes egen søn inde i rummet.

Elle souhaitait en fait rendre visite à Gregor assez rapidement.

Hun ville faktisk gerne besøge Gregor relativt snart.

Mais au départ, son père et sa sœur l'ont retenue.

Men faderen og søsteren holdt hende tilbage i starten.

Ils ont avancé des arguments très rationnels pour qu'elle n'y aille pas.

De fremførte meget rationelle argumenter for, at hun ikke skulle tage afsted.

Gregor écouta très attentivement leur raisonnement.

Gregor lyttede meget opmærksomt til deres argumentation.

Et il acceptait ce raisonnement autant que sa mère.

Og han accepterede argumentet lige så meget som sin mor.

Plus tard, cependant, il a fallu la retenir par la force.

Senere måtte hun dog holdes tilbage med magt.

«Laissez-moi entrer voir Gregor, c'est mon malheureux fils !»

"Lad mig komme ind til Gregor, han er min uheldige søn!"

« Tu ne comprends pas que je dois aller le voir ? »
"Forstår du ikke, at jeg skal hen og se ham?"
Gregor fut également convaincu par les arguments de sa mère.
Gregor blev også overbevist af sin mors argumenter.
Peut-être avait-elle raison ; ce serait bien qu'elle vienne.
Måske havde hun ret; det ville være godt, hvis hun kom ind.
Le voir tous les jours serait beaucoup trop lourd.
At komme og se ham hver dag ville være alt for meget.
Mais le voir une fois par semaine suffirait peut-être.
Men det er nok at se ham måske en gang om ugen.
Elle pourrait comprendre les choses bien mieux que sa sœur.
Hun forstår måske tingene meget bedre end søsteren.
Malgré tout son courage, elle n'était encore qu'une enfant.
Trods alt sit mod var hun stadig bare et barn.
Peut-être une insouciance enfantine l'a-t-elle poussée à entreprendre cette tâche.
Måske var det barnlig hensynsløshed, der fik hende til at påtage sig opgaven.
Mais le souhait de Gregor de revoir sa mère se réalisa bientôt.
Men Gregors ønske om at se sin mor gik snart i opfyldelse.
Durant la journée, Gregor se tenait à l'écart de la fenêtre.
Om dagen holdt Gregor sig væk fra vinduet.
Il a agi ainsi par égard pour ses parents.
Dette gjorde han af hensyn til sine forældre.
Il n'avait pas beaucoup de place pour ramper sur le sol.
Han havde ikke meget plads at kravle rundt på gulvet.
Il avait du mal à rester immobile pendant la nuit.
Han havde svært ved at ligge stille om natten.
Manger ne lui procurait plus le moindre plaisir.
At spise gav ham ikke længere den mindste glæde.
Bien sûr, il devait trouver un moyen de se distraire.
Selvfølgelig måtte han finde en måde at distrahere sig selv på.
Pour se divertir, il grimpait et descendait les murs.
For at underholde sig selv kravlede han op og ned ad væggene.

Et il rampait aussi le long du plafond, la tête en bas.

Og han kravlede også langs loftet, på hovedet.

Il était particulièrement heureux lorsqu'il était suspendu au plafond.

Han var især glad, da han hang fra loftet.

C'était complètement différent de s'allonger par terre.

Det var helt anderledes end at ligge på gulvet.

Il trouvait qu'il respirait beaucoup plus facilement dans cette position.

Han fandt det meget lettere at trække vejret i denne stilling.

Une légère mais agréable vibration parcourut son corps.

En svag, men behagelig vibration gik gennem hans krop.

Parfois, il se laissait même trop aller à son bonheur.

Nogle gange slappede han endda for meget af i sin lykke.

Il lui arrivait d'être distrait et de lâcher prise du plafond.

Han blev sommetider distraheret og slap loftet.

Et à sa propre surprise, il atterrit de nouveau sur le sol.

Og til sin egen overraskelse landede han tilbage på jorden.

Mais il maîtrisait bien mieux son corps qu'auparavant.

Men han havde meget bedre kontrol over sin krop end før.

Ainsi, il ne se blessait plus lors de chutes aussi importantes.

Så han kom ikke til skade af så store fald nu.

Sa sœur remarqua immédiatement le nouveau plaisir de Gregor.

Søsteren bemærkede straks Gregors nye nydelse.

Et on retrouvait des traces de colle là où il avait rampé.

Og der var spor af klæbemiddel, hvor han var kravlet.

Là encore, la sœur pensa au bien-être de Gregor.

Her tænkte søsteren igen på Gregors velbefindende.

Il apprécierait peut-être d'avoir plus d'espace pour ramper.

Måske ville han sætte pris på mere plads at kravle rundt på.

Et l'idée s'est fermement ancrée dans son esprit.

Og ideen slog sig fast i hendes hoved.

Certains meubles volumineux entravaient sa liberté de mouvement.

Nogle af de store møbler forhindrede hans frie bevægelse.

Il ne travaillait plus, il n'avait donc plus besoin du bureau.

Han arbejdede ikke længere, så han havde ikke brug for skrivebordet.

Et la boîte prenait plus de place que nécessaire. ***

Og kassen optog også mere plads end nødvendigt. ***

La sœur n'était pas en mesure de déplacer ces choses seule.

Søsteren var ikke i stand til at flytte disse ting alene.

Bien sûr, elle n'osait pas demander de l'aide à son père.

Selvfølgelig turde hun ikke bede faderen om hjælp.

La bonne ne l'aurait certainement pas aidée non plus.

Stuepigen ville bestemt heller ikke have hjulpet hende.

La nouvelle femme de ménage était en réalité un an plus jeune qu'elle.

Den nye tjenestepige var faktisk et år yngre end hende.

Elle avait courageusement endossé le rôle de l'ancienne bonne.

Hun havde modigt påtaget sig rollerne som den tidligere tjenestepige.

Mais il y avait un privilège auquel elle tenait absolument.

Men der var ét privilegium, hun insisterede på at have.

Elle voulait que la cuisine reste verrouillée en permanence.

Hun ville holde køkkenet låst hele tiden.

La sœur n'avait donc pas d'autre choix que de demander à sa mère.

Så søsteren havde intet andet valg end at spørge sin mor.

La mère est venue à son secours en poussant des cris de joie.

Med glædesråb kom moderen for at hjælpe.

Mais elle se tut devant la porte de la chambre de Gregor.

Men hun blev tavs ved døren til Gregors værelse.

La sœur a vérifié que tout était en ordre dans la chambre.

Søsteren tjekkede, om alt i rummet var i orden.

Gregor avait tiré précipitamment encore plus fort sur le drap.

Gregor havde hastigt trukket lagnet endnu tættere.

Bien que le drap-housse paraisse encore disposé au hasard.

Selvom sengetøjet stadig så tilfældigt arrangeret ud.

Et ce n'est qu'alors qu'elle laissa sa mère entrer dans la pièce.

Og først da lod hun sin mor komme ind i værelset.

Gregor s'abstint également d'espionner sous le drap.

Gregor afstod også fra at spionere under lagnet.

Il a décidé de ne pas voir sa mère cette fois-ci.

Han besluttede sig for at undlade at se sin mor denne gang.

Gregor était déjà content qu'elle soit venue.

Gregor var glad nok for, at hun overhovedet var kommet ind.

«Entrez, vous ne pouvez pas le voir», dit la sœur.

"Kom indenfor, du kan ikke se ham," sagde søsteren.

Gregor supposa qu'elle tenait sa mère par la main.

Gregor antog, at hun ledte sin mor ved hånden.

Puis il entendit les deux femmes, faibles, déplacer les meubles.

Så hørte han de to svage kvinder flytte møblerne.

La sœur semblait s'attribuer la majeure partie du travail.

Søsteren syntes at gøre krav på det meste af arbejdet selv.

Sa mère craignait qu'elle ne s'épuise.

Hendes mor frygtede, at hun ville overanstrenge sig.

Mais la sœur n'a prêté aucune attention à ces avertissements.

Men søsteren gav ikke agt på disse advarsler.

Mais même après quinze minutes, les progrès étaient très lents.

Men selv efter femten minutter var fremskridtet meget langsomt.

Ils n'avaient pas réussi à déplacer les meubles très loin.

De havde ikke formået at flytte møblerne særlig langt.

Ils commençaient lentement à ressentir un sentiment de défaite.

De begyndte langsomt at føle en følelse af nederlag.

La mère fut la première à reconnaître l'inutilité de la démarche.

Moderen var den første til at indrømme det nytteløse.

« Il vaudrait peut-être mieux laisser la boîte ici. »

"Måske ville det være bedre at lade kassen stå her."

« Le carton est trop lourd pour que nous puissions le déplacer plus loin. »

"Kassen er for tung til, at vi kan flytte den meget længere."

« Et nous n'aurons pas terminé avant l'arrivée de votre père. »

"Og vi bliver ikke færdige, før din far kommer."

« Laisser la boîte ici lui barrerait encore plus le passage. »

"At efterlade boksen her ville blokere hans vej endnu mere."

« Et pouvons-nous être sûrs de lui rendre service ? »

"Og kan vi være sikre på, at vi gør ham en tjeneste?"

Ils commencèrent à penser que le contraire pourrait bien être vrai.

De begyndte at tro, at det modsatte meget vel kunne være tilfældet.

La vue du mur vide lui pesait lourdement sur le cœur.

Synet af den tomme væg tyngede hendes hjerte.

Qui nous dit que Gregor ne ressentirait pas la même chose ?

Hvad siger du om, at Gregor ikke også ville have det sådan?

«Il est déjà habitué aux meubles de sa chambre.»

"Han er allerede vant til møblerne på sit værelse."

«Il pourrait se sentir encore plus abandonné dans une pièce vide.»

"Han føler sig måske endnu mere forladt i et tomt rum."

À ce moment-là, sa voix s'était presque réduite à un murmure.

Nu var hendes stemme næsten blevet sænket til en hvisken.

Elle ignorait en réalité où se trouvait exactement Gregor.

Hun vidste faktisk ikke Gregors præcise opholdssted.

Elle ne voulait même pas qu'il entende sa voix.

Hun ville ikke engang have, at han skulle høre lyden af hendes stemme.

Bien qu'elle fût certaine qu'il ne la comprenait pas.

Selvom hun var sikker på, at han ikke forstod hende.

« N'aurait-on pas l'impression de l'avoir complètement abandonné ? »

"Ville det ikke virke som om, vi helt har opgivet ham?"

«N'aura-t-il pas l'impression qu'on le laisse se débrouiller seul ?»

"Vil han ikke føle, at vi lader ham klare sig alene?"

«Nous devrions laisser la pièce exactement comme elle
était.»
"Vi burde efterlade rummet præcis som det var."
« Gregor finira par nous revenir comme avant. »
"Til sidst vil Gregor komme tilbage til os, ligesom han var."
«Alors il constatera que tout est encore à sa place.»
"Så vil han opdage, at alt stadig er på sin plads."
« Et il oubliera beaucoup plus facilement la période
intermédiaire. »
"Og han vil glemme mellemperioden meget lettere."
En entendant ces mots, Gregor réalisa quelque chose.
Da Gregor hørte disse ord, indså han noget.
Son esprit était devenu confus au cours des deux derniers
mois.
Hans sind var blevet forvirret i løbet af de sidste to måneder.
Le manque d'interactions humaines ne lui avait pas fait de
bien.
Manglen på menneskelig interaktion havde ikke været god for
ham.
Il avait vraiment besoin de la vie monotone au sein de sa
famille.
Han havde virkelig brug for det monotone liv midt i sin
familie.
Pourquoi aurait-il formulé une demande aussi absurde
autrement ?
Hvorfor skulle han ellers have stillet et så meningsløst krav?
Quel sens pouvait-il y avoir à vider sa chambre ?
Hvilken mulig mening var der i at tømme sit værelse?
La chambre confortable est meublée de meubles hérités.
Det komfortable værelse møbleret med arvede møbler.
Pourquoi voudrait-il transformer cette chaleur familière en
une grotte ?
Hvorfor skulle han ønske at forvandle denne kendte varme til
en hule?
Une grotte où il pouvait ramper en toute tranquillité dans
toutes les directions.
En hule hvor han kunne kravle i alle retninger i fred.

Mais une grotte où il oublia rapidement son passé humain.

Men en hule hvor han hurtigt glemte sin menneskelige fortid.

Il se demandait s'il était déjà sur le point d'oublier.

Han måtte spekulere på, om han allerede var tæt på at glemme.

La voix de sa mère l'avait secoué et lui avait fait se souvenir.

Hans mors stemme havde rystet ham, så han huskede.

La voix qu'il n'avait pas entendue depuis si longtemps.

Den stemme, som han ikke havde hørt i så lang tid.

Il ne fallait rien enlever ; tout devait rester.

Intet måtte fjernes; alt skulle blive.

Le mobilier a eu un effet positif sur son état.

Møblerne havde en positiv indflydelse på hans tilstand.

Et il ne pouvait pas s'en sortir sans ce lien avec le passé.

Og han kunne ikke klare sig uden dette anker til fortiden.

Les meubles l'empêchaient de ramper sans but.

Møblerne forhindrede hans sanseløse kravlen rundt.

Mais ce n'était pas une perte ; c'était au contraire un grand avantage.

Men det var ikke et tab; snarere en stor fordel.

Malheureusement, sa sœur avait un avis très différent.

Desværre havde søsteren en helt anden mening.

Elle était en quelque sorte devenue la porte-parole de Gregor.

Hun var på en måde blevet en talsperson for Gregor.

Bien sûr, son opinion n'était pas totalement injustifiée.

Hendes mening var naturligvis ikke helt uberettiget.

Mais l'opinion de sa mère devait être contredite ici.

Men hendes mors mening måtte modsiges her.

Il ne s'agissait plus seulement d'enlever la boîte.

Det var ikke kun kassen, der nu skulle fjernes.

Son bureau et son armoire ne pouvaient pas rester en place non plus.

Hans skrivebord og garderobeskabet kunne heller ikke blive stående.

La seule chose indispensable était le canapé.

Det eneste, der var uundværligt, var sofaen.

Elle n'a pas pris cette décision par simple rébellion enfantine.

Hun besluttede ikke dette blot af barnlig trodsighed.

Ce n'était pas non plus sa confiance en soi récemment acquise.

Det var heller ikke hendes nyligt erhvervede selvtillid.

La nouvelle confiance qu'elle avait acquise lui a permis de travailler si dur pour gagner.

Den nye selvtillid hun måtte arbejde så hårdt for at vinde.

Même si personne ne s'attendait à ce qu'elle y parvienne.

Selvom ingen havde forventet, at hun ville være i stand til det.

Gregor avait vraiment besoin de beaucoup d'espace pour ramper.

Gregor havde virkelig brug for meget plads at kravle på.

Le mobilier ne faisait que réduire l'espace dont il disposait.

Møblerne begrænsede kun den plads, han havde til rådighed.

Elle était capable de mieux voir ces choses que sa mère.

Hun var i stand til at se disse ting bedre end moderen.

Mais peut-être que son esprit romantique a aussi joué un rôle.

Men måske spillede hendes romantiske ånd også en rolle.

Les filles de cet âge acquièrent souvent un certain enthousiasme.

Piger i den alder får ofte en vis entusiasme.

Et ils éprouvent le besoin d'obtenir ce qu'ils veulent chaque fois qu'ils le peuvent.

Og de føler et behov for at få deres vilje, når de kan.

C'est peut-être pour cela qu'elle voulait le saboter en secret.

Måske er det derfor, hun i hemmelighed ville sabotere ham.

Il est encore plus terrifiant lorsqu'il rampe sur les murs.

Han er endnu mere skræmmende, når han kravler på væggene.

Les parents n'osaient plus entrer dans la pièce.

Forældrene turde ikke at gå ind i rummet mere.

Elle serait véritablement la seule à prendre soin de son frère.

Hun ville i sandhed være den eneste omsorgsperson for sin bror.

Elle ne laissa pas sa mère la persuader du contraire.
Hun lod ikke sin mor overtale hende til det modsatte.
La mère de Gregor se sentait déjà mal à l'aise dans la pièce.
Gregors mor følte sig allerede urolig i værelset.
Elle cessa bientôt de parler et aida de nouveau sa fille.
Hun holdt snart op med at tale og hjalp sin datter igen.
Avec leurs forces restantes, ils ont enlevé l'armoire.
Med deres resterende kræfter fjernede de garderobeskabet.
La commode, il pouvait s'en passer.
Kommoden var noget, han kunne undvære.
Mais le bureau allait devoir rester en place pour le moment.
Men skrivebordet måtte blive for øjeblikket.
Pendant l'absence des femmes, il tenta d'évaluer la pièce.
Mens kvinderne var væk, forsøgte han at vurdere rummet.
Et Gregor passa la tête sous le canapé.
Og Gregor stak hovedet ud under sofaen.
Il devait voir ce qu'il pouvait faire face à la situation.
Han måtte se, hvad han kunne gøre ved situationen.
Mais il a été aussi prudent et attentionné que possible.
Men han var så forsigtig og hensynsfuld som muligt.
Malheureusement, c'est la mère qui est revenue la première.
Desværre var det moderen, der vendte tilbage først.
Grete était encore en train de déplacer l'armoire dans la pièce voisine.
Grete var stadig i gang med at flytte garderoben i det næste værelse.
Mais la mère n'était pas habituée à la vue de Gregor.
Men moderen var ikke vant til synet af Gregor.
Un simple aperçu de lui aurait pu la rendre malade.
Selv bare et glimt af ham kunne have gjort hende syg.
Gregor recula précipitamment jusqu'à l'autre bout du canapé.
Gregor skyndte sig baglæns hen til den fjerneste ende af sofaen.
Mais il ne pouvait pas reculer et maintenir le drap en équilibre.
Men han kunne ikke bevæge sig tilbage og balancere lagnet.

Ce mouvement suffit à attirer l'attention de la mère.

Bevægelsen var nok til at fange moderens opmærksomhed.

Elle marqua une pause et resta immobile un bref instant.

Hun holdt en pause og stod helt stille et kort øjeblik.

Puis elle se retourna et sortit de la pièce.

Så vendte hun sig om og gik ud af værelset igen.

Gregor se répétait sans cesse que rien d'inhabituel ne s'était produit.

Gregor blev ved med at sige til sig selv, at der ikke var sket noget usædvanligt.

« Ce ne sont que quelques meubles qui ont été emportés. »

"Det er bare nogle møbler, der er blevet fjernet."

Mais il dut bientôt admettre que ces événements l'avaient affecté.

Men han måtte snart indrømme, at begivenhederne påvirkede ham.

Les femmes disaient tout ce qu'elles faisaient.

Kvinderne havde sagt alt, hvad de gjorde.

Ils faisaient des allers-retours dans la pièce.

De havde gået frem og tilbage gennem rummet.

Le bruit des meubles qui grattent le sol.

Skrabningen af alle møblerne på gulvet.

Il avait l'impression d'être assailli de toutes parts.

Han følte, at han blev angrebet fra alle sider.

Il replia sa tête et ses jambes aussi fort qu'il le put.

Han trak hoved og ben ind så hårdt som muligt.

De toutes ses forces, il plaqua son corps au sol.

Med al sin kraft pressede han sin krop mod jorden.

Il savait qu'il ne pourrait pas supporter tout cela encore longtemps.

Han vidste, at han ikke kunne holde alt dette ud meget længere.

Ils ont vidé sa chambre et ont pris tout ce qu'il aimait.

De ryddede hans værelse og tog alt, hvad han elskede.

Ils avaient déjà pris la boîte contenant tous ses outils.

De havde allerede taget kassen med alt hans værktøj.

Ils étaient en train de déloger son lourd bureau du sol.

Nu var de ved at løsne hans tunge skrivebord fra jorden.

Le bureau sur lequel il avait travaillé en rentrant du travail.

Skrivebordet han havde arbejdet på efter at være kommet hjem fra arbejde.

Le bureau sur lequel il avait noté ses missions professionnelles.

Skrivebordet, han havde skrevet sine forretningsopgaver på.

Le bureau sur lequel il avait fait ses devoirs au collège.

Skrivebordet, han havde lavet sine lektier på i gymnasiet.

Oui, il avait déjà eu ce bureau à l'école primaire.

Ja, han havde allerede haft dette skrivebord i folkeskolen.

Il n'a vraiment pas eu le temps de vérifier leurs bonnes intentions.

Han havde virkelig ingen tid til at bekræfte deres gode intentioner.

Bien qu'il ait presque oublié leur présence.

Selvom han næsten havde glemt, at de var der alligevel.

Parce qu'ils travaillaient en silence, épuisés.

Fordi de arbejdede lydløst på grund af udmattelse.

Ils étaient trop fatigués pour annoncer leurs mouvements maintenant.

De var for trætte til at annoncere deres bevægelser nu.

Il n'entendait que leurs lourds pas sur le sol.

Alt, hvad han hørte, var deres tunge fodtrin på gulvet.

À ce moment précis, ils étaient appuyés contre la boîte.

Lige i det øjeblik lænede de sig op ad kassen.

Et c'est alors que Gregor est sorti de sous le canapé.

Og det var da Gregor kom ud fra under sofaen.

Il a changé de direction à quatre reprises.

Han ændrede den retning, han løb i, fire gange.

Il n'arrivait pas à se décider quel objet sauver en premier.

Han kunne ikke beslutte sig for, hvilken genstand der skulle reddes først.

Soudain, son attention fut attirée par le mur vide.

Pludselig blev hans opmærksomhed rettet mod den tomme væg.

Ils ne lui avaient laissé que la photo de la dame en fourrure.

Alt, hvad de havde efterladt ham, var billedet af damen i pels.
Il rampa jusqu'à la photo pour coller son corps contre le sien.
Han kravlede hen til billedet for at presse sin krop mod hende.
Et son corps masquait complètement la vue de la photo.
Og hans krop dækkede fuldstændigt billedet.
Le verre le soutenait et apaisait son ventre brûlant.
Glasset holdt ham oppe og trøstede hans varme mave.
On ne pouvait plus lui enlever cette photo.
Dette billede kunne ikke længere tages fra ham.
Puis il tourna la tête vers la porte du salon.
Så vendte han hovedet mod stuedøren.
Il allait les regarder retourner dans la pièce.
Han ville se på, mens kvinderne vendte tilbage til værelset.
Et ils ne se reposèrent pas longtemps avant de revenir.
Og de hvilede ikke længe, før de kom tilbage igen.
Grete avait le bras autour de sa mère pour l'aider à marcher.
Gretes arm var om hendes mor for at hjælpe hende med at gå.
**« Que prenons-nous maintenant ? » demanda Grete en
regardant autour d'elle.**
"Hvad skal vi tage nu?" spurgte Grete og så sig omkring.
À ce moment précis, son regard croisa celui de Gregor.
Lige i det øjeblik mødte hendes blik Gregors øjne.
Malgré le choc, elle a gardé son sang-froid.
Trods chokket bevarede hun sindets nærvær.
**Probablement uniquement à cause de la présence de sa
mère.**
Sandsynligvis kun på grund af hendes mors tilstedeværelse.
Elle pencha le visage vers sa mère, lui cachant la vue.
Hun bøjede ansigtet mod sin mor og dækkede for synet.
Et puis elle dit, d'une voix tremblante et sans réfléchir :
Og så sagde hun, selvom hun rystede og tankeløs:
«Allez, on ne devrait pas retourner au salon ?»
"Kom nu, skal vi ikke gå tilbage til stuen?"
Gregor comprenait aisément les intentions de sa sœur.
Gregor kunne let forstå søsterens intentioner.
Sa priorité absolue était de mettre sa mère en sécurité.
Hendes første prioritet var at bringe sin mor i sikkerhed.

Mais ensuite, elle allait le poursuivre depuis le mur.
Men så ville hun jagte ham ned fra væggen.
« Eh bien, elle peut toujours essayer ! » pensa Gregor.
"Jamen, hun kan da sagtens prøve!" tænkte Gregor indvendigt.
Il s'assit fermement sur son tableau et ne le lâcha pas.
Han sad fast på sit billede og gav det ikke op.
Il aurait préféré sauter au visage de sa sœur.
Han ville hellere være hoppet i søsterens ansigt.
Mais les paroles de Grete avaient encore plus inquiété sa mère.
Men Gretes ord havde bekymret hendes mor endnu mere.
Elle s'écarta pour voir ce qu'on lui cachait.
Hun trådte til side for at se, hvad der blev skjult for hende.
Et elle vit la tache brune sur le papier peint à fleurs.
Og hun så den brune plet på det blomstrede tapet.
Et elle a crié avant même de réaliser que c'était Gregor.
Og hun skreg, før hun overhovedet vidste, at det var Gregor.
« Oh mon Dieu ! » hurla-t-elle en tendant les bras.
"Åh Gud," skreg hun med udstrakte arme.
Et elle s'est effondrée sur le canapé comme si elle avait renoncé.
Og hun faldt ned på sofaen, som om hun havde givet op.
« Gregor ! » cria sa sœur en levant le poing.
"Gregor!" råbte søsteren til ham med en løftet knytnæve.
Et elle lui lança un regard long, dur et pénétrant.
Og hun gav ham et langt, hårdt og gennemtrængende blik.
C'était la première fois qu'elle lui parlait directement.
Dette var første gang, hun havde talt direkte til ham.
Elle a couru dans la pièce voisine pour aller chercher des sels d'ammoniaque.
Hun løb ind i det næste værelse for at hente noget lugtesalt.
Elle devait ramener sa mère à la conscience.
Hun måtte bringe sin mor til bevidsthed igen.
Gregor voulait aider, il pourrait sauvegarder la photo plus tard.
Gregor ville gerne hjælpe, han kunne gemme billedet senere.
Mais il s'était solidement collé à la vitre.

Men han havde sat sig fast i glasset.

Il a donc dû s'arracher à ce point en utilisant beaucoup de force.

Så han måtte rive sig løs med stor magt.

Il courut lui aussi dans la pièce voisine, où se trouvait sa sœur.

Han løb også ind i det næste værelse, hvor søsteren var.

Autrefois, il aurait pu lui donner quelques conseils.

I gamle dage kunne han have givet hende et råd.

Mais à présent, il ne pouvait rien faire d'autre que rester là, impuissant, et regarder.

Men nu kunne han ikke gøre andet end at stå passivt og se på.

Elle fouilla dans le tiroir, ouvrant diverses bouteilles.

Hun rodede gennem skuffen og åbnede forskellige flasker.

Et il lui faisait encore peur quand elle se retournait.

Og han skræmte hende stadig, da hun vendte sig om.

Une bouteille est tombée par terre, s'est cassée et a éclaté.

En flaske faldt på gulvet, gik i stykker og splintredes.

Un éclat de verre a frappé Gregor au visage et l'a blessé.

En glassplinter ramte Gregors ansigt og sårede ham.

La bouteille contenait une sorte de liquide caustique.

Flasken indeholdt en slags ætsende væske.

Et maintenant, le liquide corrosif brûlait le visage de Gregor.

Og nu brændte den ætsende væske Gregors ansigt.

Sa sœur, cependant, n'avait pas de temps à consacrer à Gregor pour le moment.

Søsteren havde imidlertid ikke tid til Gregor lige nu.

Elle ramassa autant de bouteilles qu'elle put.

Hun samlede så mange flasker op, som hun kunne.

Et elle est retournée en courant vers sa mère avec les médicaments.

Og hun løb tilbage til sin mor med medicinen.

Elle claqua la porte du pied, empêchant Gregor d'entrer.

Hun smækkede døren i med foden og lukkede Gregor ude.

Il était désormais coupé de sa mère, potentiellement mourante.

Han var nu afskåret fra sin potentielt døende mor.

S'il ouvrait la porte, il chasserait sa sœur.
Hvis han åbnede døren, ville han jage søsteren væk.
Mais bien sûr, elle devait rester pour s'occuper de sa mère.
Men selvfølgelig måtte hun blive og passe på moderen.
Il ne pouvait plus rien faire d'autre qu'attendre.
Der var intet andet han kunne gøre nu end at vente på dem.
Rongé par les remords et l'anxiété, il se mit à ramper.
Plaget af selvbebrejdelse og angst begyndte han at kravle.
Il rampait partout : sur les murs, les meubles, le plafond.
Han kravlede overalt; vægge, møbler, loftet.
Il avait l'impression que toute la pièce tournait autour de lui.
Han følte, at hele rummet drejede rundt om ham.
Finalement, désespéré et pris de vertiges, il retomba.
Til sidst, i fortvivlelse og svimmelhed, faldt han ned igen.
Et il est tombé directement sur la grande table de la salle à manger.
Og han faldt lige oven på det store spisebord.
Il resta allongé là un certain temps, engourdi et incapable de bouger.
Han tilbragte et stykke tid med at ligge der, følelsesløs og ude af stand til at bevæge sig.
Il était épuisé par tout ce que cette journée lui avait apporté.
Han var udmattet af alt, hvad denne dag havde bragt ham.
Le silence régnait partout, mais c'était peut-être bon signe.
Der var stille overalt, men det var måske et godt tegn.
Puis, brisant le silence, la sonnette retentit à l'extérieur.
Så ringede det på døren udenfor, og stilheden brødes.
La bonne, bien sûr, s'était enfermée dans sa cuisine.
Stuepigen havde selvfølgelig låst sig inde i sit køkken.
La sœur était donc la seule à pouvoir ouvrir la porte.
Så søsteren var den eneste, der kunne åbne døren.
« Que s'est-il passé ? » fut la première question du père.
"Hvad skete der?" var det første, faderen spurgte.
L'apparence de Grete lui avait probablement tout dit.
Gretes udseende havde sandsynligvis fortalt ham alt.
La voix de Grete devint étouffée et monotone tandis qu'elle parlait.
parlait.

Gretes stemme blev dæmpet og mat, mens hun talte.

Elle a dû enfouir son visage contre la poitrine de son père.

Hun må have presset sit ansigt mod sin fars bryst.

« Maman était inconsciente, mais elle va mieux maintenant. »

"Moder var bevidstløs, men hun har det bedre nu."

« Gregor s'est échappé », a-t-elle ajouté, ce à quoi il s'attendait.

"Gregor er undsluppet," tilføjede hun, hvilket han havde forventet.

« Je vous l'ai toujours dit, il allait s'échapper un jour. »

"Jeg har altid sagt, at han ville flygte en dag."

« Mais vous, les femmes, vous ne vouliez pas m'écouter, n'est-ce pas ? »

"Men I kvinder ville ikke høre på mig, vel?"

Gregor comprit rapidement comment son père verrait les choses.

Gregor forstod hurtigt, hvordan hans far ville se tingene.

Il avait mal interprété le message trop bref de Grete.

Han havde misfortolket Gretes alt for korte besked.

Il supposa que Gregor avait commis un acte de violence.

Han antog, at Gregor havde begået en eller anden voldshandling.

Gregor devait trouver un moyen d'apaiser son père d'une manière ou d'une autre.

Gregor måtte finde en måde at formilde sin far på en eller anden måde.

Parce qu'il n'avait pas le temps de lui expliquer les choses.

Fordi han ikke havde tid til at forklare ham tingene.

Mais de toute façon, il n'aurait pas été capable d'expliquer les choses.

Men han ville alligevel ikke have været i stand til at forklare tingene.

Il s'est donc enfui vers la porte et s'y est plaqué.

Så flygtede han hen til døren og pressede sig op ad den.

Ainsi, son père pourrait le voir depuis l'antichambre.

På den måde kunne hans far se ham fra forværelset.

Et il pourrait constater qu'il avait les meilleures intentions.

Og han ville kunne se, at han havde de bedste intentioner.

Il n'était pas nécessaire de le repousser avec un balai.

Der var ingen grund til at skubbe ham tilbage med en kost.

Il aurait suffi que le père ouvre la porte.

Alt, hvad faren skulle gøre, var at åbne døren.

Mais il n'était pas d'humeur à remarquer de telles subtilités.

Men han var ikke i humør til at bemærke sådanne finesser.

« Te voilà ! » s'exclama-t-il dès qu'il entra.

"Der er du!" udbrød han, så snart han kom ind.

C'était comme s'il était à la fois en colère et heureux.

Det var, som om han var vred og glad på samme tid.

Il recula la tête et leva les yeux vers son père.

Han trak hovedet tilbage og kiggede op på faderen.

Il n'avait pas imaginé son père debout là, dans cette position.

Han havde ikke forestillet sig sin far stå sådan der.

**Mais ces derniers temps, il s'était trouvé une nouvelle
distraction.**

Men han havde i den seneste tid fundet en ny distraktion.

Ramper occupait désormais une grande partie de sa journée.

Det at kravle rundt optog nu en stor del af hans dag.

**Auparavant, il se tenait au courant de toutes les nouvelles
dans l'appartement.**

Før holdt han styr på alle nyheder i lejligheden.

**Mais ces derniers temps, il n'y avait pas prêté beaucoup
d'attention.**

Men han havde ikke været så opmærksom på det på det
seneste.

Il aurait dû se préparer à faire face aux changements.

Han burde have været forberedt på at møde forandringer.

**Pour autant, cet homme qui se tenait devant lui était-il
encore son père ?**

Ikke desto mindre, var denne mand før ham stadig faderen?

**Était-ce le même homme qui avait l'habitude de rester
allongé, fatigué, dans son lit ?**

Var han den samme mand, der plejede at ligge træt i sin seng?

Alors que Gregor était déjà parti en voyage d'affaires.

Da Gregor allerede var taget på forretningsrejse.
Était-ce le même homme qui le saluait le soir ?
Var han den samme mand, der hilste på ham om aftenen?
Lorsqu'il était en robe de chambre, dans son fauteuil.
Da han sad i sin morgenkåbe i sin lænestol.
Était-ce le même homme qui n'avait pas pu se lever pour l'accueillir ?
Var han den samme mand, der ikke kunne rejse sig for at byde ham velkommen?
Restant assis, il leva le bras en signe de joie.
Så han blev siddende og løftede armen som et tegn på glæde.
Était-ce le même homme avec qui il faisait parfois des promenades ?
Var han den samme mand, som han gik ture med af og til?
Exceptionnellement : quelques dimanches par an, ou les jours fériés.
I sjældne tilfælde: et par søndage om året eller helligdage.
Était-ce le même homme qui marchait, enveloppé dans son pardessus ?
Var han den samme mand, der gik, svøbt i sin overfrakke?
S'est-il lentement avancé, entre la mère et lui ?
Fødte han langsomt fremad, mellem moderen og ham?
Et ils marchaient déjà lentement à cause de lui.
Og de gik allerede langsomt på grund af ham.
Mais à présent, cet homme se tenait droit et fort.
Men nu stod denne mand stærk og rank.
Il portait un uniforme bleu à boutons dorés.
Han var klædt i en blå uniform med guldknapper.
Les badges que portent les employés des institutions bancaires.
Knapper som bankernes ansatte bærer.
Au-dessus du col rigide, son double menton prononcé se dessinait.
Over den stive krave trådte hans stærke dobbelthage frem.
Sous ses sourcils broussailleux, ses yeux noirs fixaient le vide.
Under hans buskede øjenbryn tittede hans sorte øjne ud.

À présent, ses yeux paraissaient perçants, frais et alertes.
Nu virkede hans øjne gennemtrængende, friske og årvågne.
Les cheveux blancs, auparavant ébouriffés, étaient désormais peignés.
Det tidligere ujævne hvide hår blev redt ned.
Et ses cheveux étaient désormais coiffés d'une raie centrale méticuleuse.
Og hans hår havde nu en omhyggelig midterskilning.
Il jeta son chapeau, orné d'un monogramme en or.
Han kastede sin hat, som var fastgjort med et guldmonogram.
Il s'agissait probablement du monogramme de la banque pour laquelle il travaillait.
Det var sandsynligvis monogrammet for den bank, han arbejdede for.
Et le chapeau atterrit sur le canapé, pour être rangé plus tard.
Og hatten landede på sofaen for at blive lagt væk senere.
Il repoussa le bas de sa longue veste d'uniforme.
Han skubbede bunden af den lange uniformjakke tilbage.
Et il mit ses pouces dans les poches de son pantalon.
Og han stak tommelfingrene i lommerne på sine bukser.
Puis, le visage sombre, il s'avança vers Gregor.
Og så gik han med et dystert ansigt hen imod Gregor.
Il ne savait probablement même pas ce qu'il comptait faire.
Han vidste sikkert slet ikke, hvad han havde tænkt sig at gøre.
Mais il leva néanmoins les pieds exceptionnellement haut.
Men ikke desto mindre løftede han fødderne usædvanligt højt.
Gregor était stupéfait par la taille énorme de ses bottes.
Gregor var forbløffet over sine støvlers enorme størrelse.
Mais il n'y avait vraiment pas le temps de s'extasier devant ses chaussures.
Men der var virkelig ingen tid til at beundre hans sko.
Le père avait opté pour une discipline très stricte.
Faderen havde besluttet sig for meget streng disciplin.
Seule la plus grande sévérité convenait à Gregor.
Kun den største strenghed var passende for Gregor.
Il le savait dès le premier jour de sa transformation.
Han vidste dette fra den første dag af sin forvandling.

Il courut vers son père et s'arrêta quand celui-ci s'arrêta.

Han løb hen til sin far og stoppede, da han stoppede.

Il se précipita de nouveau vers lui lorsqu'il bougea à nouveau.

Han pilede hen imod ham igen, da han bevægede sig igen.

Le père marqua une pause, et Gregor fit de même.

Faderen tav et øjeblik, og det gjorde Gregor også.

Et il se précipita de nouveau en avant dès que son père eut bougé.

Og han skyndte sig frem igen, så snart hans far bevægede sig.

Ils firent ainsi plusieurs fois le tour de la pièce.

På denne måde gik de flere gange rundt i rummet.

Aucun avantage décisif n'avait encore été obtenu par qui que ce soit.

Ingen havde endnu opnået nogen afgørende fordel.

On n'aurait pas pu avoir l'impression d'une poursuite.

Man kunne ikke have fået indtryk af en jagt.

Parce que tout l'événement se déroulait beaucoup trop lentement.

Fordi hele begivenheden foregik alt for langsomt.

Gregor avait décidé de rester au sol.

Gregor havde besluttet, at han ville blive på jorden.

Il aurait pu courir le long des murs et du plafond.

Han kunne have løbet op ad væggene og langs loftet.

Mais il ne voulait pas provoquer inutilement le père.

Men han ville ikke provokere faderen unødigt.

Une telle évasion aurait pu paraître particulièrement perverse.

En sådan flugt kunne have virket særlig ondskabsfuld.

Gregor admit que cette poursuite ne pourrait pas durer beaucoup plus longtemps.

Gregor indrømmede, at denne jagt ikke kunne vare meget længere.

Chaque étape nécessitait une myriade de mouvements.

Hvert skridt måtte imødegås med et utal af bevægelser.

Il commençait déjà à avoir le souffle court.

Han var allerede begyndt at føle åndenød.

Même avant cela, il n'avait jamais eu des poumons totalement fiables.

Selv før havde han aldrig helt pålidelige lunger.

Il avançait en titubant, économisant ses forces pour la course.

Han vaklede afsted og gemte sine kræfter til løbet.

Il était si fatigué qu'il avait du mal à garder les yeux ouverts.

Han var så træt, at han næsten ikke kunne holde øjnene åbne.

Ses pensées étaient devenues trop lentes pour qu'il puisse envisager d'autres solutions.

Hans tanker blev for langsomme til at tænke på andre flugtmuligheder.

Il avait presque oublié que les murs étaient à sa disposition.

Han havde næsten glemt, at væggene var tilgængelige for ham.

Mais les murs étaient de toute façon dissimulés derrière des meubles.

Men væggene var alligevel skjult bag møbler.

Et les meubles avaient trop d'encoches et de saillies.

Og møblerne havde for mange hak og fremspring.

Et puis, juste à côté de lui, en roulant, il y avait une pomme.

Og så, lige ved siden af ham, rullende, lå der et æble.

Il réalisa que la pomme avait dû lui être lancée.

Æblet måtte være blevet kastet efter ham, indså han.

Mais il n'eut pas le temps de réfléchir qu'une autre pomme arriva.

Men han havde ikke tid til at tænke, før der kom et nyt æble.

Gregor resta figé, sous le choc de la nouvelle stratégie de son père.

Gregor frøs til af chok over farens nye strategi.

Il ne pouvait plus rien gagner à essayer de fuir.

Han kunne ikke længere få noget ud af at forsøge at løbe.

Le père avait décidé de le bombarder de fruits.

Faderen havde besluttet at bombardere ham med frugt.

Il avait rempli ses poches avec les fruits du bol de la cuisine.

Han havde fyldt sine lommer fra køkkenets frugtskål.

Sans viser particulièrement, il lançait pomme après pomme.

Uden at sigte særligt kastede han æble efter æble.

Ces petites pommes rouges roulaient sur le sol.

Disse små røde æbler rullede rundt på jorden.

Comme électrifiées, les pommes se heurtèrent les unes aux autres.

Som om de var elektrificerede, stødte æblerne ind i hinanden.

Une des pommes, lancée mollement, a effleuré le dos de Gregor.

Et af de svagt kastede æbler strejfede Gregors ryg.

Heureusement pour lui, la pomme a glissé sans le blesser.

Heldigvis for ham gled æblet harmløst af.

Cependant, la pomme lancée ensuite était plus précise.

Æblet, der blev kastet bagefter, var dog mere præcist.

Et cette pomme s'est logée profondément dans le dos de Gregor.

Og dette æble satte sig dybt fast i Gregors ryg.

Gregor voulait s'éloigner de la douleur.

Gregor ville trække sig væk fra smerten.

Peut-être pourrait-on échapper à cette nouvelle douleur inimaginable.

Måske kunne denne nye, ufattelige smerte undslippes.

Un changement d'endroit pourrait peut-être soulager son supplice.

Måske ville et skifte af placering lindre hans smerte.

Mais il avait l'impression d'être cloué au sol.

Men han følte sig, som om han var blevet naglet ned til gulvet.

Il s'étira, mais seulement à cause de sa confusion.

Han strakte sig ud, men kun på grund af sin forvirring.

Ce n'est qu'à son dernier regard qu'il vit la porte s'ouvrir.

Først med sit sidste blik så han døren åbne sig.

La mère s'est précipitée devant sa sœur qui hurlait.

Moderen skyndte sig ud foran den skrigende søster.

Sa sœur l'avait déshabillée, elle était donc encore en chemise.

Søsteren havde klædt hende af, så hun havde sin skjorte på.

Elle avait besoin de respirer pendant son inconscience.

Hun havde haft brug for et pusterum i sin bevidstløshed.

Il voyait encore la mère courir vers le père.
Han så stadig, hvordan moderen løb hen imod faderen.
Ses jupes glissèrent au sol, l'une après l'autre.
Hendes nederdele gled ned på jorden, den ene efter den
anden.
Il la vit s'approcher du père et trébucher sur sa jupe.
Han så hende nærme sig faderen og snuble i sin nederdel.
L'enlaçant, elle demanda qu'on épargne la vie de Gregor.
Hun omfavnede ham og bad om, at Gregors liv måtte skånes.
En parfaite harmonie avec son corps, sa vue s'est éteinte.
I fuldstændig forening med sin krop svigtede hans syn.

Troisième partie

Gregor a souffert de cette grave blessure pendant plus d'un mois.
Gregor led den alvorlige skade i over en måned.
La pomme restait incrustée ; personne n'osait l'enlever.
Æblet forblev indlejret; ingen turde fjerne det.
La pomme restait plantée dans sa chair comme un rappel visible.
Æblet forblev i hans kød som en synlig påmindelse.
Mais la pomme servait aussi de rappel au père.
Men æblet tjente også som en påmindelse til faderen.
Il comprit que Gregor ne devait pas être traité comme un ennemi.
Han indså, at Gregor ikke burde behandles som en fjende.
Actuellement, son apparence pourrait être triste et repoussante.
I øjeblikket kan hans udseende være trist og modbydeligt.
Mais il restait néanmoins un membre de leur famille.
Men ikke desto mindre var han stadig et medlem af deres familie.
Il a fallu accepter et tolérer cette réticence.
Modviljen måtte sluges og tolereres.
En raison de sa blessure, il risque fort de perdre sa mobilité à jamais.
På grund af hans sår kan hans førlighed meget vel være tabt for altid.
Il continuait à ramper dans sa chambre, mais beaucoup plus lentement.
Han kravlede stadig rundt på sit værelse, men meget langsommere.
Ramper à une quelconque hauteur était hors de question.
At kravle i nogen form for højde var udelukket.
Mais Gregor a bien reçu une forme de compensation.
Men Gregor modtog en eller anden form for kompensation.
Le soir, la porte du salon lui fut ouverte.

Om aftenen blev stuedøren åbnet for ham.
Et il estimait que ces réparations étaient tout à fait adéquates.
Og han mente, at disse erstatninger var fuldt ud tilstrækkelige.
Avant le soir, il avait déjà commencé à surveiller la porte.
Allerede inden aftenen var han begyndt at holde øje med døren.
Il était allongé dans l'obscurité, invisible depuis le salon.
Han lå i mørket, usynlig fra stuen.
Il pouvait voir toute la famille à la table illuminée.
Han kunne se hele familien ved det oplyste bord.
Il était désormais autorisé à écouter leurs conversations.
Han fik nu lov til at lytte til deres samtaler.
C'était très différent de leur arrangement précédent.
Dette var helt anderledes end deres tidligere ordning.
Les conversations animées d'autrefois étaient terminées.
De livlige samtaler fra tidligere tider var forbi.
C'étaient ces conversations qu'il désirait tant.
Det var de samtaler, han plejede at længtes efter.
Lorsqu'il dormait seul dans de petites chambres d'hôtel.
Da han sov alene på små hotelværelser.
Quand il a dû se jeter dans les draps humides.
Da han måtte kaste sig i det fugtige sengetøj.
Mais les soirées étaient désormais généralement calmes et sans incident.
Men aftenerne var nu for det meste stille og begivenhedsløse.
Le père s'est endormi dans son fauteuil après le dîner.
Faderen faldt i søvn i sin lænestol efter aftensmaden.
Et la mère et la sœur s'exhortaient mutuellement à se taire.
Og moderen og søsteren opfordrede hinanden til at tie stille.
La mère, penchée très haut sur la lampe, cousait du lin.
Moderen, lænet langt over lyset, syede linned.
Elle confectionne maintenant des robes pour l'un des magasins de mode.
Hun syede nu kjoler til en af modebutikkerne.
Comme Gregor, sa sœur avait trouvé un emploi de vendeuse.

Ligesom Gregor havde søsteren taget et job som ekspeditrice.
Elle apprenait la sténographie et le français le soir.
Hun lærte stenografi og fransk om aftenen.
Afin qu'elle puisse peut-être obtenir un meilleur poste plus tard.
Så hun måske kunne få et bedre job senere.
Parfois, le père se réveillait de sa sieste du soir.
Nogle gange vågnede faren fra sine aftenlurer.
« Chérie, tu as déjà cousu tellement longtemps aujourd'hui ! »
"Skat, du har allerede syet så længe i dag!"
Il semblait avoir oublié qu'il dormait.
Han syntes at have glemt, at han havde sovet.
Mais il retombait aussitôt dans son sommeil.
Men han faldt straks i søvn igen.
Et la mère et la sœur s'échangèrent un sourire las.
Og moderen og søsteren smilede træt til hinanden.
Le père avait développé une étrange nouvelle obstination.
Faderen havde udviklet en mærkelig ny stædighed.
Même chez lui, il refusait d'enlever son uniforme de domestique.
Selv hjemme nægtede han at tage sin tjeneruniform af.
Et son peignoir pendait inutilement sur le cintre.
Og hans morgenkåbe hang ubrugeligt på bøjlen.
Le père dormit donc, tout habillé, dans son fauteuil.
Så sov faderen, fuldt påklædt, i sin lænestol.
C'était comme s'il était toujours prêt à rendre service.
Det var, som om han altid var klar til at gøre sin tjeneste.
Comme s'il attendait simplement la voix de son supérieur.
Som om han bare ventede på sin overordnedes stemme.
Cela a eu pour conséquence que son uniforme a perdu sa propreté.
Dette resulterede i, at hans uniform mistede sin renlighed.
Bien que l'uniforme ne fût pas neuf lorsqu'il l'a reçu.
Selvom uniformen heller ikke var ny, da han fik den.
Et la mère faisait de son mieux pour prendre soin de l'uniforme.

Og moderen gjorde sit bedste for at passe på uniformen.

Gregor passait des soirées entières à contempler cet uniforme.

Gregor tilbragte hele aftener med at se på denne uniform.

Il observa le vieil homme dormir très mal.

Han så på, mens den gamle mand sov meget ubehageligt.

Mais dans son sommeil, il remarqua aussi quelque chose de paisible.

Men i søvne bemærkede han også noget fredeligt.

Lorsque l'horloge a sonné dix heures, la mère a essayé de le réveiller.

Da klokken slog ti, forsøgte moderen at vække ham.

Elle lui parla doucement et le persuada d'aller se coucher.

Hun talte stille og overtalte ham til at gå i seng.

Parce que dormir sur un fauteuil, ce n'était pas du vrai sommeil.

Fordi det at sove på lænestolen ikke var rigtig søvn.

Il allait devoir commencer à travailler à six heures.

Han skulle begynde at arbejde klokken seks.

Il avait donc vraiment besoin de dormir le mieux possible.

Så han havde virkelig brug for at få den bedst mulige søvn.

Mais il était pris d'une nouvelle forme d'obstination.

Men han var blevet grebet af en ny form for stædighed.

Le fait de devenir serviteur avait commencé à avoir cet effet sur lui.

Det at blive tjener var begyndt at have denne effekt på ham.

Il insistait donc toujours pour rester plus longtemps à table.

Så insisterede han altid på at blive længere ved bordet.

Bien qu'il se rendormît régulièrement dans son fauteuil.

Selvom han regelmæssigt faldt i søvn i sin stol igen.

Et il ne pouvait être déplacé qu'avec la plus grande difficulté.

Og han kunne kun flyttes med den største vanskelighed.

Il a fallu lui dire que ce lit lui conviendrait mieux.

Han måtte få at vide, at sengen ville være bedre for ham.

La mère et la sœur ont dû insister, malgré quelques avertissements.

Mor og søster måtte insistere med få advarsler.
Pendant quinze minutes, il se contenta de secouer lentement la tête.
I femten minutter rystede han kun langsomt på hovedet.
Et il garda les yeux fermés et refusa de se lever.
Og han holdt øjnene lukkede og nægtede at rejse sig.
La mère tira doucement, mais fermement, sur sa manche.
Moderen trak blidt, men bestemt i hans ærme.
Et elle lui murmurait des mots flatteurs à l'oreille, encore fatiguée.
Og hun hviskede smigrende ord i hans trætte ører.
La sœur a interrompu sa tâche pour aider sa mère.
Søsteren forlod den opgave, hun var på, for at hjælpe sin mor.
Mais aucun de leurs efforts n'a fonctionné sur le père.
Men ikke én af deres anstrengelser virkede på faderen.
Il s'enfonça encore plus profondément dans son fauteuil, prêt à dormir.
Han sank endnu dybere ned i stolen, klar til at sove.
Et finalement, les femmes l'ont attrapé sous les aisselles.
Og til sidst greb kvinderne ham under armhulerne.
Il ouvrit les yeux et les regarda tour à tour.
Han åbnede øjnene og kiggede på dem på skift.
« Quelle vie ! » se plaignit-il en allant se coucher.
"Hvilket liv det her er," klagede han, mens han gik i seng.
« Est-ce là la paix qui m'a été accordée dans ma vieillesse ? »
"Er det den fred, jeg har fået i min alderdom?"
Mais alors, s'appuyant sur les deux femmes, il se leva maladroitement.
Men så, lænet op ad de to kvinder, rejste han sig akavet.
Il agissait comme s'il portait le fardeau le plus lourd.
Han opførte sig, som om han bar den tungeste byrde.
Il laissa les deux femmes le conduire au fond de la pièce.
Han lod de to kvinder føre ham til enden af rummet.
Là, il leur souhaita bonne nuit et poursuivit son chemin seul.
Der sagde han godnat til dem og fortsatte på egen hånd.
Mais la mère jeta précipitamment son nécessaire à couture.
Men moderen smed hurtigt sit sysæt fra sig.

Et la sœur posa elle aussi le stylo et le bloc-notes.
Og søsteren lagde også pennen og notesblokken fra sig.
Et ils coururent derrière le père pour l'aider davantage.
Og de løb bag faderen for at hjælpe ham yderligere.
Qui, dans cette famille surmenée, avait du temps à consacrer à Gregor ?
Hvem i denne overarbejdede familie havde tid til Gregor?
Qui aurait pu lui accorder plus d'attention que nécessaire ?
Hvem kunne have givet ham mere opmærksomhed end højst nødvendigt?
Le budget des ménages est devenu de plus en plus restreint.
Husholdningsbudgettet blev mere og mere begrænset.
Finalement, pour faire des économies, ils ont dû licencier la bonne.
Til sidst måtte de afskedige stuepigen for at spare penge.
Elle fut remplacée par une femme à la carrure imposante et aux cheveux blancs.
Hun blev erstattet af en tykbenet, hvidhåret kvinde.
Mais cette femme ne venait que le matin et le soir.
Men denne kvinde kom kun om morgenen og aftenen.
Et tout le travail le plus lourd et le plus pénible lui avait été réservé.
Og alt det tungeste og hårdeste arbejde blev gemt til hende.
Toutes les autres tâches ménagères étaient prises en charge par la mère.
Alle andre pligter blev taget hånd om af moderen.
Il est même arrivé que plusieurs bijoux de famille soient vendus.
Det skete endda, at forskellige familiesmykker blev solgt.
Des bijoux que les femmes avaient portés avec joie lors des festivités.
Smykker, som kvinderne med glæde havde båret under festlighederne.
Gregor a appris cela lors d'une discussion générale.
Gregor lærte dette fra en af de generelle diskussioner.
Le principal grief, cependant, portait sur autre chose.
Den største klage var dog noget andet.

L'appartement était trop grand, mais ils ne pouvaient pas déménager.
Lejligheden var for stor, men de kunne ikke flytte ud.
Il était impossible de déplacer Gregor.
Der var ingen måde, de kunne have flyttet Gregor.
Mais Gregor comprit que ce n'était pas seulement une question de considération.
Men Gregor indså, at det ikke kun var hensyntagen.
Quelque chose d'autre les a empêchés de déménager ailleurs.
Noget andet forhindrede dem i at flytte et andet sted hen.
Il aurait facilement pu être transporté dans une caisse appropriée.
Han kunne nemt have været transporteret i en passende kasse.
Leur sentiment de désespoir total les a paralysés.
Deres følelser af fuldstændig håbløshed holdt dem tilbage.
Ils ne voulaient pas admettre que le malheur les avait frappés.
De ville ikke indrømme, at ulykken havde ramt dem.
Ils ont accompli ce que le monde exige des pauvres.
Hvad verden kræver af fattige mennesker, opfyldte de.
Le père a apporté le petit déjeuner au jeune employé de banque.
Faderen hentede morgenmad til den lille bankfunktionær.
La mère s'est sacrifiée pour laver le linge d'inconnus.
Moderen ofrede sig for fremmedes vasketøj.
La sœur faisait des allers-retours pour prendre les commandes des clients.
Søsteren løb frem og tilbage efter kundernes bestillinger.
Mais ils n'avaient tout simplement plus la force d'en faire plus.
Men de havde simpelthen ikke kræfterne til at gøre mere.
La blessure dans le dos de Gregor commença à le faire encore plus souffrir.
Såret i Gregors ryg begyndte at gøre endnu mere ondt.
Chaque soir, la mère et la sœur amenaient le père au lit.
Hver aften bragte mor og søster faren i seng.

Ils laissèrent leur travail où il était et s'assirent ensemble.

De lod deres arbejde ligge, hvor det var, og satte sig sammen.

Ils se rapprochèrent et s'assirent joue contre joue.

Og de rykkede tættere sammen og satte sig kind mod kind.

La mère désigna la pièce d'où il observait.

Moderen pegede på rummet, hvorfra han så på.

« Pourriez-vous fermer la porte ? » demanda-t-elle à sa sœur.

"Vil du lukke døren?" spurgte hun søsteren.

Et Gregor se retrouva de nouveau seul dans le noir.

Og så blev Gregor efterladt alene i mørket igen.

Et dans la pièce voisine, la femme mêla leurs larmes.

Og i det næste værelse blandede kvinden deres tårer.

Ou bien ils restaient assis, les yeux secs, fixant simplement la table.

Eller de sad med tørre øjne og stirrede blot på bordet.

Gregor ne dormait pratiquement pas, ni la nuit ni le jour.

Gregor sov næsten ikke, hverken nat eller dag.

Il réfléchissait souvent à la façon dont il pourrait aider sa famille.

Han tænkte ofte over, hvordan han kunne hjælpe familien.

Il songea à gagner à nouveau de l'argent pour eux.

Han tænkte på at tjene pengene til dem igen.

Il songea à faire ce qu'il faisait autrefois pour eux.

Han tænkte på at gøre det, han plejede at gøre for dem.

Le représentant autorisé lui revint dans ses pensées.

I sine tanker kom den bemyndigede repræsentant tilbage.

Et cette fois, le patron est également venu à l'appartement.

Og denne gang kom chefen også til lejligheden.

Et les commis et les apprentis étaient là aussi.

Og kontoristerne og lærlingene var der også.

Même le domestique un peu simplet est venu le voir.

Selv den langsomme kontortjener kom for at se ham.

Il y avait deux ou trois amis d'autres entreprises.

Der var to eller tre venner fra andre forretninger.

Une des femmes de chambre d'un hôtel de province.

En af stuepigerne fra et hotel i provinsen.

Un souvenir précieux et fugace auquel il s'efforçait de s'accrocher.

Et kært og flygtigt minde, han forsøgte at holde fast i.

Une caissière d'une chapellerie pour laquelle il avait des intentions.

En kassedame fra en hattebutik, som han havde intentioner for.

Mais il avait été un peu trop lent à obtenir son approbation.

Men han havde været lidt for langsom til at vinde hendes godkendelse.

Ils lui apparurent tous, mêlés à des inconnus.

De dukkede alle op i hans tanker, blandet med fremmede.

Et d'autres n'apparurent pas ; ils étaient déjà oubliés.

Og andre dukkede ikke op; de var allerede glemt.

Mais ils ne l'ont pas aidé, ni lui, ni sa famille.

Men de hjalp ham ikke, og de hjalp heller ikke familien.

Ils étaient inaccessibles, et il était content quand ils sont partis.

De var utilgængelige, og han var glad, da de forsvandt.

Il n'était pas toujours d'humeur à se soucier de sa famille.

Han var ikke altid i humør til at bekymre sig om familien.

Et il était rempli de rage à cause de ce manque d'attention.

Og han var fyldt med raseri over manglen på opmærksomhed.

Et il ne pouvait imaginer rien qui puisse lui faire envie.

Og han kunne ikke forestille sig noget, han havde appetit på.

Mais il avait tout de même prévu de cambrioler le garde-manger.

Men han lagde stadig planer om at bryde ind i spisekammeret.

Et il allait prendre tout ce qui lui était dû.

Og han ville tage alt, hvad han fortjente.

Sa sœur ne faisait plus aucun effort particulier pour lui.

Søsteren gjorde ikke længere nogen særlig indsats for ham.

Elle ne consacrait plus de temps à chercher à lui plaire.

Hun brugte ikke længere tid på at tænke på at behage ham.

Avant d'aller travailler, elle a rapidement glissé de la nourriture dans la pièce.

Før arbejde skubbede hun hurtigt noget mad ind i værelset.

Et le soir venu, elle a rapidement ramassé les restes.

Og om aftenen fejede hun hurtigt maden op igen.

Elle ne faisait plus attention à savoir s'il avait mangé ou non.

Om han havde spist eller ej, lagde hun ikke mærke til det længere.

Le plus souvent, la nourriture restait intacte.

Oftere end ikke nu blev maden ladt urørt.

Elle continuait de traverser la pièce rapidement le soir.

Hun fejede stadig hurtigt gennem rummet om aftenen.

Mais maintenant, elle se contentait du strict minimum, aussi vite que possible.

Men nu gjorde hun det absolut minimale, så hurtigt som muligt.

Des traînées de saleté jonchaient les murs.

Der løb striber af snavs langs væggene.

Des boules de poussière et de détritus jonchaient le sol.

Kugler af støv og affald blev efterladt på gulvet.

Gregor manifesta son désapprobation face à son manque d'attention.

Gregor viste sin misbilligelse over hendes manglende omsorg.

Il se tourna selon un angle particulièrement significatif.

Han drejede sig i en særlig markant vinkel.

Mais il aurait pu rester à ce poste pendant des semaines.

Men han kunne have været i stillingen i ugevis.

Sa sœur n'aurait pas remarqué son mécontentement.

Hans søster ville ikke have bemærket hans utilfredshed.

Elle voyait la saleté aussi bien que lui, voire mieux.

Hun så snavset lige så godt som ham, hvis ikke bedre.

Mais elle avait décidé de laisser la saleté où elle était.

Men hun havde besluttet at lade snavset ligge, hvor det var.

À cette époque, elle a développé une sensibilité totalement nouvelle.

På det tidspunkt udviklede hun en helt ny følsomhed.

Elle s'était donné pour mission de nettoyer la chambre de Gregor.

Hun havde gjort rengøringen af Gregors værelse til sin opgave.

La famille a été touchée par sa gentillesse et sa prévenance.
Familien var rørt over hendes venlige betænksomhed.
Une fois, sa mère avait nettoyé sa chambre de fond en comble.
Engang havde moderen gjort hans værelse grundigt rent.
Ce n'est qu'après avoir utilisé plusieurs seaux d'eau qu'elle a réussi.
Først efter at have brugt et par spande vand lykkedes det hende.
Cependant, l'humidité nouvelle dans la pièce a nui à Gregor.
Den nye fugtighed i rummet skadede dog Gregor.
Et il gisait, étendu de tout son long, amer et immobile sur le canapé.
Og han lå bred, bitter og ubevægelig på sofaen.
Mais ce n'était que sa première punition pour avoir aidé.
Men det var kun hendes første straf for at hjælpe.
La sœur remarqua rapidement le changement dans la chambre de Gregor.
Søsteren bemærkede hurtigt forandringen i Gregors værelse.
Et elle s'est précipitée dans le salon, extrêmement insultée.
Og hun løb ind i stuen, ekstremt fornærmet.
Sa mère leva les mains et tenta de la supplier.
Hendes mor løftede hænderne og forsøgte at trygle hende.
Mais malgré une explication sincère, elle a éclaté en sanglots.
Men trods en oprigtig forklaring, brast hun i gråd.
Le père, bien sûr, sursauta et se leva de sa chaise.
Faderen blev selvfølgelig forskrækket og rejst op af stolen.
Et les deux parents regardaient, stupéfaits et impuissants.
Og de to forældre så til, forbløffede og hjælpeløse.
Et finalement, leurs émotions s'agitèrent elles aussi.
Og til sidst blev deres følelser også oprørte.
Le père a reproché à la mère ce qu'elle avait fait.
Faderen bebrejdede moderen for, hvad hun havde gjort.
« Tu aurais dû laisser la chambre à Grete pour qu'elle la nettoie. »
"Du skulle have ladet værelset stå, så Grete kunne gøre rent."

Grete a crié sur sa mère parce qu'elle avait nettoyé sa chambre.
Grete skreg ad moderen, fordi hun havde gjort rent på hans værelse.
«Tu n'as plus jamais le droit de nettoyer sa chambre !»
"Du må aldrig nogensinde gøre rent på hans værelse igen!"
La mère a essayé d'entraîner le père dans la chambre.
Moderen forsøgte at slæbe faderen ind i soveværelset.
La sœur resta seule dans la pièce, tremblante et sanglotant.
Søsteren blev efterladt i rummet, rystende og grædende.
Et elle frappa la table avec ses petits poings.
Og hun bankede i bordet med sine små næver.
Et Gregor siffla bruyamment de colère contre eux tous.
Og Gregor hvæsede højt i vrede ad dem alle.
Pourquoi personne n'avait-il pensé à lui fermer la porte ?
Hvorfor havde ingen tænkt på at lukke døren for ham?
Ils auraient pu lui épargner ce spectacle et ce bruit.
De kunne have skånet ham for dette syn og denne støj.
Sa sœur était épuisée après être rentrée du travail.
Søsteren var udmattet efter at være kommet hjem fra arbejde.
Et s'occuper de Gregor représentait encore plus de travail pour elle.
Og det var endnu mere arbejde for hende at tage sig af Gregor.
Mais cela ne signifie pas que la mère aurait dû le faire.
Men det betød ikke, at moderen burde have gjort det.
Gregor, en revanche, ne doit pas être négligé.
Gregor bør derimod ikke forsømmes.
Mais maintenant, ils avaient une nouvelle bonne qui pouvait faire ce genre de choses.
Men nu havde de en ny tjenestepige, der kunne gøre den slags.
Une veuve âgée à la charpente osseuse robuste.
En ældre enke med en robust knoglebygning.
Une stature qui l'a aidée à survivre à sa vie difficile.
En statur, der hjalp hende med at overleve sit vanskelige liv.
L'apparence de Gregor ne lui déplaisait pas vraiment.
Hun havde ingen egentlig aversion mod Gregors udseende.

Elle avait ouvert la porte de la chambre de Gregor par inadvertance.

Hun havde ved et uheld åbnet døren til Gregors værelse.

Ce n'était pas par curiosité particulière à propos de la pièce.

Det var ikke af nogen særlig nysgerrighed omkring rummet.

Elle faisait simplement son travail et a ouvert la porte par hasard.

Hun gjorde bare sit arbejde, og så kom hun tilfældigvis til at åbne døren.

Gregor, bien sûr, fut complètement surpris par elle.

Gregor var selvfølgelig fuldstændig overrasket over hende.

Il n'était pas poursuivi, mais il courait d'avant en arrière.

Han blev ikke jagtet, men han løb frem og tilbage.

Elle croisa simplement les bras et le regarda ramper.

Og hun foldede bare armene og så ham kravle.

Depuis lors, elle lui entrouvrait toujours un peu la porte.

Siden da åbnede hun altid døren lidt for ham.

Un matin, elle a jeté un coup d'œil pour voir comment il allait.

En gang om morgenen kiggede hun ind for at se, hvordan han havde det.

Et le soir, elle est allée prendre de ses nouvelles avant de partir.

Og om aftenen tjekkede hun til ham, inden hun gik.

Au début, elle a aussi essayé de l'appeler pour qu'il vienne la rejoindre.

I starten prøvede hun også at kalde på ham, om han skulle komme til hende.

« Viens par ici, vieux bousier ! » disait-elle.

"Kom herover, gamle gødningsbille!" plejede hun at sige.

Ou bien elle disait, amicalement : « Regardez ce vieux bousier ! »

Eller hun sagde venligt: "se den gamle gødningsbille!".

Gregor n'a jamais réagi lorsqu'on lui parlait de cette façon.

Gregor reagerede aldrig på at blive tiltalt på den måde.

Il resta là, immobile, et l'ignora.

Han blev der, uden at røre sig, og ignorerede hende.

« Si seulement on lui avait expliqué comment faire
correctement son travail. »
"Hvis bare hun var blevet fortalt, hvordan hun skulle udføre
sit arbejde ordentligt."
« Au lieu de me déranger, elle devrait nettoyer ma chambre.
»
"I stedet for at genere mig, burde hun gøre rent på mit
værelse."
Tôt le matin, une forte pluie a frappé les fenêtres.
Tidligt om morgenen ramte en kraftig regn vinduerne.
**Peut-être la pluie était-elle déjà un signe du printemps à
venir.**
Måske var regnen allerede et tegn på det kommende forår.
La bonne recommença à lui parler de cette façon.
Stuepigen begyndte at tale til ham på den måde igen.
Gregor était tellement amer qu'il se tourna vers elle.
Gregor var så forbitret, at han vendte sig om for at se på
hende.
Il était lent et infirme, mais c'était une sorte d'attaque.
Han var langsom og svagelig, men det var en slags angreb.
**La bonne, en revanche, n'avait absolument pas peur de
Gregor.**
Stuepigen var dog slet ikke bange for Gregor.
**Au lieu de cela, elle souleva une chaise qui se trouvait près
de la porte.**
I stedet løftede hun en stol op, der stod nær døren.
Et elle resta là, calmement, la bouche grande ouverte.
Og hun stod der, roligt, med munden vidt åben.
Ses intentions étaient claires, même Gregor pouvait le voir.
Hendes intentioner var klare, selv Gregor kunne se det.
**Et il se retourna lentement pour reprendre sa position
initiale.**
Og han vendte sig langsomt om til sin oprindelige position.
**« Donc vous ne voulez pas vous approcher davantage, n'est-
ce pas ? »**
"Så du vil vel ikke komme tættere på?"
Et elle remit discrètement la chaise dans le coin.

Og hun satte stille stolen tilbage i hjørnet.

Gregor ne mangeait presque plus rien.
Gregor spiste næsten ingenting længere.
Parfois, lors de ses promenades dans la pièce, il s'arrêtait.
Nogle gange, på sine ture rundt i rummet, stoppede han op.
Et il se retrouva à côté du repas qui lui avait été préparé.
Og han befandt sig ved siden af den mad, der var tilberedt til ham.
Il mit la nourriture dans sa bouche, mais seulement pour jouer avec.
Han puttede maden i munden, men kun for at lege med den.
Et bien souvent, il le recrachait quelques heures plus tard.
Og ret ofte spyttede han det ud igen efter et par timer.
Il essaya de trouver une raison à son manque d'appétit.
Han prøvede at finde en årsag til sin manglende appetit.
Peut-être parce qu'il était triste de l'état de sa chambre.
Måske fordi han var ked af det over sit værelses tilstand.
Mais il s'était fait à l'idée des changements survenus dans la pièce.
Men han havde accepteret forandringerne i rummet.
Récemment, sa chambre était devenue une sorte de débarras.
For nylig var hans værelse blevet til en slags opbevaringsrum.
Ils avaient pris l'habitude de laisser des choses là.
De havde fået for vane at lade ting ligge der.
Et il restait maintenant beaucoup de choses de ce genre dans sa chambre.
Og der var nu mange sådanne ting tilbage på hans værelse.
Parce qu'une chambre de l'appartement avait été louée.
Fordi et værelse i lejligheden var blevet udlejet.
Trois messieurs sérieux louaient la chambre ensemble.
Tre alvorlige herrer lejede værelset sammen.
Gregor les avait aperçus un jour à travers une fente dans la porte.
Gregor bemærkede dem engang gennem en sprække i døren.
Ils portaient des barbes fournies et étaient habillés avec un soin méticuleux.

De havde fuldskæg og var omhyggeligt klædt.

Ils étaient scrupuleux quant à la propreté des lieux.

De var omhyggelige med at holde alting pænt og ryddeligt.

Leur obsession pour la propreté ne s'arrêtait pas à leur chambre.

Deres insisteren på ryddelighed stoppede ikke på deres værelse.

L'appartement entier devait être maintenu d'une propreté impeccable.

Hele lejligheden skulle holdes perfekt ren.

Ils étaient encore plus pointilleux sur l'apparence de la cuisine.

De var endnu mere kræsne med, hvordan køkkenet så ud.

Et ils ne supportaient aucun encombrement inutile.

Og de kunne ikke tolerere unødvendigt rod.

Ils avaient également apporté leurs propres meubles.

De havde også medbragt deres egne møbler.

C'est pourquoi beaucoup de choses étaient devenues superflues.

Af denne grund var mange ting blevet overflødige.

C'étaient des choses pour lesquelles personne n'aurait payé.

Det var ting, som ingen ville betale penge for.

Mais la famille ne voulait pas non plus se débarrasser de ces objets.

Men familien ønskede heller ikke at kassere disse ting.

Tous ces objets ont fini quelque part dans la chambre de Gregor.

Alle disse ting gik et sted ind på Gregors værelse.

Le cendrier de la cuisine se trouvait désormais dans sa chambre.

Askekassen fra køkkenet blev nu opbevaret på hans værelse.

Et les ordures étaient entreposées dans sa chambre jusqu'au jour de la collecte.

Og skraldet blev opbevaret på hans værelse indtil skraldedagen.

La bonne a jeté dans sa chambre tout ce dont elle n'avait pas besoin.

Stuepigen smed alt, hvad hun ikke havde brug for, ind på
hans værelse.

Heureusement, il n'a vu que la main et l'objet.
Heldigvis så han ikke mere end hånden og genstanden.

**Elle comptait probablement revenir chercher les affaires
plus tard.**
Hun havde sikkert tænkt sig at komme tilbage efter tingene
senere.

Ou peut-être voulait-elle tout jeter d'un coup.
Eller måske ville hun smide alt væk på én gang.

Cependant, tout est resté là où il s'était initialement posé.
Alt forblev dog, hvor det først var landet.

**À moins que Gregor n'ait déplacé les débris en se faufilant à
travers.**
Medmindre Gregor flyttede skrammelet ved at vrikke sig
igennem det.

Au début, il a été obligé de ramper à travers tous les détritus.
Først var han tvunget til at kravle gennem alt skrammelet.

Il lui était impossible d'éviter cela.
Der var ingen mulighed for ham at undgå at gøre det.

**Mais plus tard, il a finalement trouvé du plaisir dans cette
activité.**
Men senere fandt han faktisk glæde i denne aktivitet.

**Bien que ces efforts l'aient laissé triste et profondément
fatigué.**
Selvom en sådan indsats efterlod ham trist og dybt træt.

**Et ensuite, il est resté incapable de bouger pendant de
nombreuses heures.**
Og bagefter var han ude af stand til at bevæge sig i mange
timer.

Les locataires prenaient parfois leurs repas dans le salon.
De logerende spiste sommetider deres måltid i stuen.

La porte du salon restait fermée ces soirs-là.
Døren til stuen forblev lukket de aftener.

**Mais Gregor n'avait aucune difficulté à ne pas ouvrir la
porte à présent.**

Men Gregor havde ingen problemer med ikke at åbne døren nu.

Même lorsque la porte était ouverte, il ne regardait pas toujours dehors.

Selv når døren var åben, kiggede han ikke altid ud.

Mais il s'allongea dans le coin le plus sombre de la pièce.

Men han lagde sig i rummets mørkeste hjørne.

La famille n'a pas non plus remarqué son manque d'attention.

Familien bemærkede heller ikke hans manglende opmærksomhed.

Mais une fois, la bonne a laissé la porte ouverte.

Men der var én gang, hvor stuepigen lod døren stå åben.

La porte est restée ouverte même au retour des locataires.

Døren forblev åben, selv da lejerne vendte tilbage.

Et la porte était ouverte quand la lumière a été allumée.

Og døren var åben, da lyset blev tændt.

L'homme était assis à la table où la famille dînait.

Manden sad ved bordet, hvor familien spiste middag.

Autrefois, père, mère et Gregor étaient assis là.

Far, mor og Gregor sad der i tidligere tider.

Ils déplièrent les serviettes et prirent des couteaux et des fourchettes.

De foldede servietterne ud og tog knive og gafler.

La mère apparut sur le seuil avec un bol de viande.

Moderen dukkede op i døråbningen med en skål kød.

Puis sa sœur est entrée avec un bol plein de pommes de terre.

Så kom søsteren ind med en skål fuld af kartofler.

Les locataires se penchèrent sur les bols placés devant eux.

De logerende bøjede sig over skålene, der var placeret foran dem.

L'épaisse fumée des aliments leur montait jusqu'au nez.

Den tunge røg fra maden dampede op til deres næser.

Mais ils n'avaient pas encore décidé s'ils allaient manger.

Men de havde ikke besluttet sig for, om de ville spise maden endnu.

Peut-être renverraient-ils le plat en cuisine.

Måske ville de sende maden tilbage til køkkenet.

L'homme assis au milieu semblait être l'autorité.

Manden, der sad i midten, virkede til at være autoriteten.

Il a coupé la viande pour déterminer si elle était suffisamment tendre.

Han skar kødet ud for at se, om det var mørt nok.

Il était satisfait de l'odeur et de l'apparence des aliments.

Han var tilfreds med, hvordan maden duftede og så ud.

La mère et la sœur les observaient avec anxiété.

Moderen og søsteren havde ængsteligt set på dem.

Et ils commencèrent à sourire, poussant un soupir de soulagement accumulé.

Og de begyndte at smile med et suk af opbygget lettelse.

La famille allait elle-même manger dans la cuisine.

Familien selv skulle spise i køkkenet.

Mais avant cela, le père alla voir comment allaient les locataires.

Men først gik faderen hen for at se til de logerende.

Il s'inclina une fois, tenant sa casquette de travail à la main.

Han bukkede én gang og holdt sin arbejdskasket i hånden.

Et il fit le tour de la table, saluant chaque invité.

Og han gik en cirkel rundt om bordet, til hver gæst

Les locataires se levèrent tous en marmonnant dans leur barbe.

De logerende rejste sig alle op og mumlede i deres skæg.

Après son départ, ils mangèrent dans un silence presque complet.

Efter han var gået, spiste de i næsten fuldstændig stilhed.

Gregor trouvait étrange d'entendre des bruits de mastication.

Det forekom Gregor mærkeligt, at han kunne høre tygge.

Aucun autre aspect du repas ne semblait produire le moindre son.

Intet andet aspekt af spisningen syntes at give lyd fra sig.

Mais il pouvait distinctement entendre des dents grincer.

Men han kunne tydeligt høre tænderne skære mod hinanden.

Ils semblaient lui dire qu'il avait besoin de dents pour
manger.

De syntes at fortælle ham, at han havde brug for tænder for at
spise.

« On ne peut rien faire si on n'a plus de dents dans la
mâchoire. »

"Du kan ikke gøre noget, hvis dine kæber er tandløse."

« J'aimerais manger quelque chose », dit Gregor avec
anxiété.

"Jeg vil gerne have noget at spise," sagde Gregor ængsteligt.

« Mais je n'ai aucun appétit pour ce que vous mangez tous. »

"Men jeg har ingen appetit på det, I alle sammen spiser."

« Regardez ces locataires manger, et moi je meurs de faim. »

"Se, hvad disse logerende spiser, og her sidder jeg og sulter."

Ce soir-là, Gregor pensait justement au violon.

Gregor kom tilfældigvis til at tænke på violinen den aften.

Il n'avait plus entendu le violon depuis la transformation.

Han havde ikke hørt violinen siden forvandlingen.

Mais ce soir-là, un bruit est venu de la cuisine.

Men så, i aften, kom der en lyd fra køkkenet.

Les messieurs avaient déjà terminé leur repas du soir.

Herrerne havde allerede afsluttet deres aftensmåltid.

L'homme du milieu avait commencé à lire un journal.

Den mellemste herre var begyndt at læse en avis.

Il avait donné une feuille à chacun des deux autres
messieurs.

Han havde givet de to andre herrer et lagen hver.

Et maintenant, ils étaient affalés en arrière, en train de lire et
de fumer.

Og nu lænede de sig tilbage og læste og røg.

Lorsque le violon commença à jouer, ils devinrent attentifs.

Da violinen begyndte at spille, blev de opmærksomme.

Ils se levèrent et marchèrent sur la pointe des pieds jusqu'à
la porte de l'antichambre.

De rejste sig og gik på tæer hen til forværelsesdøren.

Ils se tenaient là, blottis les uns contre les autres, écoutant à
la porte.

Her stod de sammenkrøbet og lyttede ved døren.

La famille a dû entendre les hommes qui étaient dans la cuisine.

Familien må have hørt mændene inde fra køkkenet.

Car le père les appela et leur demanda :

Fordi faderen kaldte på dem og spurgte dem;

« Le violon ne serait-il pas inconfortable pour ces messieurs ? »

"Er violinen måske ubehagelig for herrerne?"

« Si la musique ne vous plaît pas, on peut s'arrêter immédiatement. »

"Hvis du ikke kan lide musikken, kan vi stoppe med det samme."

« Au contraire », dit celui du milieu des messieurs.

"Tværtimod," sagde den midterste af herrerne.

« La jeune fille aimerait-elle jouer du violon dans notre chambre ? »

"Vil den unge dame gerne spille violin på vores værelse?"

« C'est nettement plus confortable et chaleureux ici. »

"Det er helt sikkert meget mere behageligt og hyggeligt her."

Le père répondit comme s'il était lui-même le violoniste.

Faderen svarede, som om han selv var violinisten.

« Oh, je vous en prie, ce serait merveilleux », s'écria le père.

"Åh, tak, det ville være vidunderligt," råbte faderen.

Les messieurs retournèrent au salon et attendirent.

Herrerne gik tilbage til stuen og ventede.

Peu après, le père entra dans la pièce avec le pupitre.

Snart kom faderen ind i værelset med nodestativet.

La mère entra dans la pièce avec le livre de musique.

Moderen kom ind i værelset med nodebogen.

Et la sœur entra dans la pièce avec le violon.

Og søsteren kom ind i værelset med violinen.

Elle a calmement tout préparé pour jouer du violon.

Hun forberedte roligt alt til at spille violin.

Les parents exagéraient leur politesse et leurs bonnes manières.

Forældrene overdrev deres høflighed og manerer.

Ils n'avaient jamais loué de chambres à des locataires auparavant.
De havde aldrig udlejet værelser til logerende før.
Et ils n'osaient même pas s'asseoir sur leurs propres chaises.
Og de turde ikke engang sidde på deres egne stole.
Au lieu de s'asseoir, le père s'appuya contre la porte.
I stedet for at sidde lænede faderen sig op ad døren.
Sa main droite était coincée entre deux boutons de son manteau.
Hans højre hånd var mellem to knapper på hans frakke.
Un monsieur a toutefois offert une chaise à la mère.
Moderen blev imidlertid tilbudt en stol af en herre.
Mais elle s'assit là où le monsieur avait placé la chaise.
Men hun satte sig, hvor herren havde placeret stolen.
Et il n'avait pas placé la chaise à un endroit précis.
Og han havde ikke placeret stolen noget bestemt sted.
La mère s'assit donc à l'écart de tout le monde, dans un coin.
Så satte moderen sig for sig selv i et hjørne.
Et finalement, la sœur s'est mise à jouer du violon.
Og endelig begyndte søsteren at spille violin.
Les parents, placés de part et d'autre, suivaient attentivement.
Forældrene, på hver sin side, fulgte nøje med.
Et ils observaient attentivement chacun des mouvements de sa main.
Og de holdt nøje øje med hver eneste bevægelse af hendes hånd.
Gregor était également attiré par le jeu du violon.
Gregor var også tiltrukket af violinspillet.
Et il s'aventura un peu plus loin hors de sa chambre.
Og han vovede sig lidt længere ud af sit værelse.
Il avait déjà la tête dans le salon.
Han var allerede med hovedet inde i stuen.
Il était très fier d'être très attentionné.
Han plejede at sætte en stor ære i at være meget hensynsfuld.
Mais récemment, il ne remettait guère en question son manque d'attention.

Men for nylig satte han næppe spørgsmålstegn ved sin manglende omsorg.

Même s'il avait maintenant plus de raisons de se cacher qu'auparavant.

Selvom han havde mere grund til at gemme sig nu end før.

Parce que sa chambre était recouverte de poussière et de saletés diverses.

Fordi hans værelse var dækket af støv og andet snavs.

Le moindre mouvement soulevait toutes sortes d'immondices.

Den mindste bevægelse hvirvlede alskens snavs op.

Toute cette saleté lui collait à la peau : poussière, cheveux, restes de nourriture.

Alt dette snavs klæbede til ham; støv, hår, madrester.

Il aurait pu frotter la saleté contre le tapis.

Han kunne have gnidet snavset af mod tæppet.

C'était quelque chose qu'il faisait plusieurs fois par jour.

Dette var noget, han plejede at gøre flere gange dagligt.

Mais son indifférence à tout était bien trop grande.

Men hans ligegyldighed over for alt var alt for stor.

Il n'avait donc pas peur d'aller un peu plus loin.

Så han var ikke bange for at komme lidt videre.

Et il s'est installé sur le sol impeccable du salon.

Og han gik videre til stuens pletfri gulv.

Cependant, personne ne l'a remarqué, ni ne lui a prêté attention.

Dog lagde ingen mærke til ham eller gav ham nogen opmærksomhed.

La famille était complètement absorbée par le concert.

Familien var fuldstændig opslugt af koncerten.

Les messieurs, quant à eux, ont d'abord battu en retraite.

Herrerne trak sig derimod i første omgang tilbage.

Et ils se tenaient tout près, derrière le pupitre de la sœur.

Og de stod tæt bag søsterens nodestativ.

S'ils avaient regardé, ils auraient pu voir les notes de musique.

Hvis de havde kigget, kunne de have set noderne.

Cela aurait évidemment perturbé la sœur.
Dette ville selvfølgelig have forstyrret søsteren.
Alors, au lieu de s'asseoir, ils restèrent debout près de la fenêtre.
Så stod de ved vinduet i stedet for at sidde ned.
Les mains dans les poches, ils continuaient à parler.
Med hænderne i lommerne fortsatte de med at tale.
Ils restèrent là tandis que le père les observait avec anxiété.
De blev der, mens faderen ængsteligt så på.
On avait l'impression qu'ils avaient d'autres attentes.
Man havde indtryk af, at de havde andre forventninger.
Et il semblait vraiment qu'ils avaient été déçus.
Og det virkede virkelig som om, de var blevet skuffede.
Il semblait qu'ils en avaient assez du spectacle.
Det virkede som om, de havde fået nok af præstationen.
Ils avaient laissé le violon troubler leur tranquillité.
De havde ladet violinen forstyrre deres fred.
Et ils ne toléraient la musique que par politesse.
Og de tolererede kun musikken af høflighed.
La façon dont ils ont dissipé la fumée était particulièrement troublante.
Måden de blæste røgen væk på var især foruroligende.
Et pourtant, elle jouait du violon avec une telle beauté.
Og alligevel spillede hun så smukt violin.
Son visage était légèrement incliné sur le côté, sur le violon.
Hendes ansigt var blidt vippet til siden, på violinen.
Son regard parcourait tristement les lignes de la musique.
Hendes øjne søgte trist langs musikken.
Gregor se sentait un peu plus attiré par le salon.
Gregor følte sig lidt mere trukket ind i stuen.
Il gardait la tête près du sol, mais regardait vers le haut.
Han holdt hovedet tæt på jorden, men kiggede opad.
Peut-être que de cette façon, le regard de sa sœur croiserait le sien.
Måske ville hans søsters blik møde ham på denne måde.
Peut-on vraiment dire qu'il n'était qu'un animal ?
Kan man virkelig sige, at han bare var et dyr?

Était-il un animal si la musique pouvait le captiver à ce point ?

Var han et dyr, hvis musik kunne fængsle ham så meget?

Il avait l'impression qu'on lui montrait un chemin vers une nourriture inconnue.

Han følte, at han blev vist en vej til ukendt næring.

C'était peut-être là le réconfort qui lui manquait.

Måske var det den næring, han manglede.

Il était déterminé à rejoindre sa sœur.

Han var fast besluttet på at gå hen til sin søster.

Il avait envie de tirer sur sa jupe pour attirer son attention.

Han ville hive i hendes nederdel for at få hendes opmærksomhed.

Il voulait lui faire comprendre qu'il l'invitait.

Han ville give hende en indikation af en invitation.

« Viens jouer du violon dans ma chambre », aurait-il voulu dire.

"Kom og spil violin på mit værelse," ville han sige.

Il souhaitait qu'elle soit récompensée pour sa magnifique musique.

Han ønskede, at hun skulle belønnes for sin smukke musik.

« Personne ici ne te récompense pour jouer du violon. »

"Ingen her belønner dig for at spille violin."

Il ne voulait plus la laisser sortir de sa chambre.

Han ville ikke længere lukke hende ud af sit værelse.

Il voulait qu'elle reste avec lui aussi longtemps qu'il vivrait.

Han ville have, at hun skulle blive hos ham, så længe han levede.

Pour la première fois, sa transformation eut un avantage.

For første gang havde hans forvandling en fordel.

Sa difformité allait enfin lui être utile.

Hans deformitet skulle endelig blive nyttig for ham.

Il voulait être présent simultanément aux quatre portes.

Han ville være ved alle fire døre samtidigt.

Il avait envie de les siffler et de leur cracher dessus de tous les côtés.

Han havde lyst til at hvæse og spytte efter dem fra alle vinkler.

Sa sœur ne devrait pas être forcée de rester avec lui.
Hans søster burde ikke tvinges til at blive hos ham.

Il voulait qu'elle choisisse volontairement de rester avec lui.
Han ønskede, at hun frivilligt skulle vælge at blive hos ham.

Elle allait s'asseoir à côté de lui et se pencher vers lui.
Hun ville sætte sig ved siden af ham og læne sig ned til ham.

Et il allait lui parler de l'école de musique.
Og han ville fortælle hende om musikskolen.

Il avait la ferme intention de l'envoyer à l'académie.
Han havde den faste intention at sende hende til akademiet.

Il en aurait parlé à tout le monde à Noël dernier.
Han ville have fortalt alle om dette sidste jul.

Noël était-il déjà passé ?
Var julen virkelig kommet og gået igen?

Et il n'aurait laissé personne le dissuader.
Og han ville ikke have ladet nogen afskrække ham fra det.

Mais un accident malheureux a tout arrêté.
Men så satte den uheldige ulykke en stopper for alt.

La sœur aurait été submergée par l'émotion.
Søsteren ville være blevet overvældet af følelser.

Et Gregor aurait alors grimpé jusqu'à son épaule.
Og så ville Gregor være klatret op på hendes skulder.

Et il l'aurait réconfortée en l'embrassant dans le cou.
Og han ville have trøstet hende ved at kysse hendes hals.

« Monsieur Samsa ! » appela l'homme au milieu au père.
"Hr. Samsa!" råbte manden i midten til faderen.

Il pointait Gregor du doigt.
Han pegede med pegefingeren nedad mod Gregor.

Gregor traversait lentement le salon.
Gregor bevægede sig langsomt hen over stuegulvet.

Le jeu du violon s'est très vite tu.
Violinspillet blev meget hurtigt stille.

Celui du milieu sourit à ses amis.
Den midterste af de tre mænd smilede til sine venner.

Puis il secoua la tête et regarda Gregor.

Så rystede han på hovedet og kiggede tilbage på Gregor.

Le père aurait pu forcer Gregor à retourner dans sa chambre.

Faderen kunne have tvunget Gregor tilbage til sit værelse.

Mais ce n'était pas la première action qu'il décida d'entreprendre.

Men det var ikke den første handling, han besluttede sig for.

Il estimait qu'il était plus important de calmer ces messieurs.

Han mente, det var vigtigere at berolige herrerne.

Bien qu'ils ne fussent pas vraiment contrariés par Gregor.

Selvom de egentlig slet ikke var kede af Gregor.

Gregor semblait plus divertissant que le jeu de violon.

Gregor virkede mere underholdende end violinspillet.

Il s'est précipité vers eux, les bras tendus.

Han skyndte sig hen til dem med udstrakte arme.

Il faisait de son mieux pour leur cacher la vue de Gregor.

Han gjorde sit bedste for at skjule deres syn på Gregor.

Et il a essayé de les faire retourner dans leur chambre.

Og han prøvede at lokke dem tilbage til deres værelse.

Au contraire, cela les a un peu agacés.

Hvis noget, gjorde det dem faktisk lidt irriterede.

Mais il était difficile de dire exactement ce qui les agaçait.

Men det var svært at sige præcis, hvad der irriterede dem.

Le père gâchait le divertissement de la soirée.

Faderen ødelagde aftenens underholdning.

Mais ils venaient aussi d'apprendre l'existence de leur nouveau colocataire.

Men de havde også lige hørt om deres nye bofælle.

Ils levèrent les mains comme l'avait fait leur père.

De løftede hænderne, ligesom faderen havde gjort.

Ils ont exigé une explication immédiate du père.

De krævede en øjeblikkelig forklaring fra faderen.

Ils tiraient nerveusement sur leur barbe, cherchant une réponse.

De hev rastløst i deres skæg for at finde et svar.

Et ils reculèrent jusqu'à leur chambre, mais très lentement.

Og de bevægede sig baglæns til deres værelse, men meget langsomt.

L'interruption avait plongé la sœur dans une sorte de transe.
Afbrydelsen havde bragt søsteren i trance.
Elle laissa pendre le violon et l'archet le long de son corps.
Hun lod violinen og buen hænge ned langs sin side.
Et elle regarda la partition comme si elle jouait encore.
Og hun kiggede på noderne, som om hun stadig spillede.
Mais soudain, elle est revenue dans la pièce.
Men så trak hun sig pludselig tilbage ind i rummet.
Et elle avait désormais surmonté le sentiment d'être perdue.
Og nu havde hun overvundet følelsen af at være fortabt.
Elle a posé l'instrument de musique sur les genoux de sa mère.
Hun lagde musikinstrumentet på sin mors skød.
La mère était assise sur la chaise, respirant bruyamment.
Moderen sad i stolen og trak vejret tungt.
Et puis la sœur a dû courir dans la pièce voisine.
Og så måtte søsteren løbe ind i det næste værelse.
Elle devait tout préparer pour les messieurs.
Hun måtte gøre alt klar til herrerne.
Elle a jeté les couvertures et les coussins en l'air.
Hun kastede tæpperne og hynderne op i luften.
Et de ses mains expertes, elle a disposé toute la literie.
Og med sine kyndige hænder arrangerede hun alt sengetøjet.
Elle avait terminé avant que les messieurs n'atteignent la pièce.
Hun var færdig, inden herrerne nåede ind i lokalet.
Et elle s'est éclipsée avant de les gêner.
Og hun smuttede ud, før hun kom i vejen for dem.
Le père semblait prisonnier de son propre entêtement.
Faderen syntes at være grebet af sin egen stædighed.
Et il oublia ainsi tout le respect qu'il devait à ses locataires.
Og således glemte han al den respekt, han skyldte sine lejere.
Il a insisté sans relâche jusqu'à ce que leur porte-parole s'y oppose.
Han skubbede og skubbede, indtil deres talsmand protesterede.
Il a tapé du pied avec colère en arrivant à la porte.

Han stampede vredt med foden, da han kom til døren.

Et c'est ainsi qu'il immobilisa le père.

Og derved bragte han faderen til standsning.

« Par la présente, je déclare », commença-t-il en s'adressant à son propriétaire.

"Jeg erklærer hermed," begyndte han at henvende sig til sin udlejer.

Et il leva la main, regardant toute la famille.

Og han løftede hånden og så på hele familien.

« En ce qui concerne l'état répugnant de la chambre ; »

"Med hensyn til de ulækre forhold i rummet;"

Et il s'assurait que tous écoutaient ses paroles.

Og han sørgede for, at alle lyttede til hans ord.

« Par la présente, je vous informe que je vais libérer ma chambre. »

"Jeg giver hermed besked om, at jeg forlader mit værelse."

Et il a appuyé son propos en crachant par terre.

Og han understregede yderligere sit synspunkt ved at spytte på jorden.

« Je ne paierai pas non plus pour les jours que j'ai passés ici. »

"Jeg vil heller ikke betale for de dage, jeg har boet her."

Il n'était cependant pas entièrement satisfait de ce remboursement.

Han var dog ikke fuldt ud tilfreds med denne refusion.

« Et j'envisagerai de formuler d'autres demandes à votre encontre. »

"Og jeg vil overveje at fremsætte andre krav mod dig."

« Croyez-moi, de telles demandes seront très faciles à justifier. »

"Tro mig, sådanne krav vil være meget lette at retfærdiggøre."

Il resta silencieux et regarda droit devant lui, vers son père.

Han var tavs og kiggede lige frem på faderen.

Il semblait s'attendre à ce qu'il se passe quelque chose de plus.

Han syntes at forvente, at der ville ske noget mere.

En fait, ses deux amis ont immédiatement eu la même idée.

Faktisk fik hans to venner straks den samme idé.

**« Nous annulons également nos réservations de chambres »,
ont-ils déclaré à l'unisson.**

"Vi aflyser også vores værelser," sagde de i kor.

Il a alors saisi la poignée de la porte et l'a fermée.

Så greb han fat i dørhåndtaget og lukkede døren.

Et dans un grand fracas, ils s'enfermèrent dans leur chambre.

Og med et højt brag lukkede de sig inde på deres værelse.

**Le père s'est dirigé en titubant vers sa chaise, les mains
tâtonnantes.**

Faderen vaklede hen til sin stol med famlende hænder.

Et il se laissa tomber sur la chaise, vaincu.

Og han lod sig falde ned i stolen, besejret.

On aurait dit qu'il allait faire sa sieste habituelle du soir.

Det så ud som om, han gik til sin sædvanlige aftenlur.

**Mais sa tête hocha presque comme si elle n'était pas
soutenue.**

Men hans hoved nikkede, næsten som om det ikke var støttet.

Et on pouvait voir qu'il ne dormait pas du tout.

Og det kunne ses, at han slet ikke sov.

Durant tout ce temps, Gregor n'avait pas bougé de sa place.

Gennem alt dette havde Gregor ikke rørt sig fra sin plads.

**Il était toujours là où les messieurs l'avaient aperçu pour la
première fois.**

Han var stadig der, hvor herrerne først havde set ham.

Même s'il avait voulu déménager, il trouvait cela impossible.

Selv hvis han ville flytte, fandt han det umuligt.

À cause de sa déception, ou à cause de sa faim.

På grund af hans skuffelse, eller på grund af hans sult.

Il était déçu par l'échec de son plan.

Han var skuffet over, at hans plan var mislykkedes.

Et il était affaibli par la faim persistante qu'il ressentait.

Og han var svag af den langvarige sult, han følte.

**Il était certain que tout le monde se retournerait contre lui à
tout moment.**

Han var sikker på, at alle ville vende sig imod ham når som
helst.

C'est avec cette certitude d'un effondrement imminent qu'il attendit.

Med denne forventning om et forestående sammenbrud ventede han.

Le violon commença à glisser des genoux de sa mère.

Violinen begyndte at glide af moderens skød.

Dans un fracas retentissant, le violon tomba au sol.

Med en rungende lyd faldt violinen til jorden.

Mais même ce bruit soudain et fracassant ne l'a pas surpris.

Men selv ikke denne pludselige brag forskrækkede ham.

« Chers parents, dit la sœur, cela ne peut pas continuer. »

"Kære forældre," sagde søsteren, "dette kan ikke fortsætte."

Et elle a frappé du poing sur la table pour appuyer ses propos.

Og hun slog hånden i bordet for at bevise sin pointe.

« Je ne prononcerai pas le nom de mon frère devant ce monstre. »

"Jeg vil ikke sige min brors navn foran dette monster."

« C'est pourquoi je le dis aussi crûment que possible : »

"Derfor siger jeg det så direkte som muligt:"

«Nous n'avons pas d'autre choix que de nous débarrasser de cet animal.»

"Vi har intet andet valg end at slippe af med dette dyr."

« Nous avons fait de notre mieux pour tolérer et prendre soin de cet animal. »

"Vi gjorde vores bedste for at tolerere og passe på dette dyr."

« Je ne pense pas que quiconque puisse nous blâmer, même légèrement. »

"Jeg tror ikke, at nogen kan bebrejde os det mindste."

« Elle a mille fois raison », a acquiescé le père.

"Hun har tusind gange ret," svarede faderen.

La mère n'avait pas encore complètement repris son souffle.

Moderen havde stadig ikke helt fået vejret igen.

Elle se mit à tousser sourdement dans sa main, la respiration lourde.

Hun begyndte at hoste dæmpet i hånden og trak vejret tungt.

Et une expression de folie commença à apparaître dans ses yeux.

Og et vanvittigt udtryk begyndte at dukke op i hendes øjne.

La sœur s'est précipitée vers sa mère et lui a pris le front.

Søsteren skyndte sig hen til sin mor og holdt hende om panden.

Les paroles de la sœur semblaient inspirer le père.

Faderen syntes at være inspireret af søsterens ord.

Et ses pensées semblaient plus claires qu'auparavant.

Og hans tanker syntes at være klarere end før.

Il cessa d'acquiescer et se redressa.

Han holdt op med at nikke og satte sig oprejst igen.

Et il jouait avec la casquette de son serviteur, plongé dans ses pensées.

Og han legede med sin tjeners kasket, dybt forsænket i tanker.

Les assiettes des locataires étaient encore sur la table.

Tallerkenerne fra lejerne lå stadig på bordet.

Et il regardait parfois vers Gregor, qui restait silencieux.

Og han kiggede sommetider hen imod den tavse Gregor.

« Nous devons essayer de nous en débarrasser », lui dit sa sœur.

"Vi må forsøge at slippe af med det," sagde søsteren til ham.

La mère était trop occupée à tousser pour écouter.

Moderen var for optaget af at hoste til at lytte.

« Ça va vous tuer tous les deux, je le vois déjà venir. »

"Det vil slå jer begge ihjel, jeg kan allerede se det komme."

«Nous ne pouvons pas tous continuer à travailler aussi dur que nous le faisons.»

"Vi kan ikke alle blive ved med at arbejde så hårdt, som vi gør."

« Et chaque jour, nous devons rentrer chez nous et subir ce supplice. »

"Og hver dag må vi komme hjem til denne tortur."

« Nous n'en pouvons plus. Je n'en peux plus. »

"Vi kan ikke holde det ud længere. Jeg kan ikke holde det ud."

Elle s'est effondrée dans les bras de sa mère, en larmes une dernière fois.

Hun faldt ned for sin mor i et sidste udbrud af gråd.

Les larmes coulèrent sur son visage et sur celui de sa mère.

Tårerne trillede ned ad hendes ansigt og ned på hendes mors.

Et elle essuya ses larmes d'un geste machinal.

Og hun tørrede tårerne væk i en mekanisk bevægelse.

« Mon enfant », dit le père d'une voix compatissante.

"Mit barn," sagde faderen med en medfølende stemme.

Il y avait une profonde sympathie et une grande compréhension dans sa voix.

Der var dyb sympati og forståelse i hans stemme.

« Mais que devons-nous faire ? » avoua-t-il ne pas savoir.

"Men hvad skal vi gøre?" indrømmede han ikke at vide det.

La sœur haussa simplement les épaules, impuissante.

Søsteren trak bare på skuldrene i hjælpeløshed.

Et sa confiance d'antan fit de nouveau place aux larmes.

Og hendes tidligere selvtillid blev igen erstattet af tårer.

« Si seulement il nous comprenait », dit le père à voix haute.

"Hvis bare han forstod os," sagde faderen højt.

Et il se demandait à moitié si Gregor avait compris.

Og han stillede sig næsten spørgsmålstegn ved, om Gregor måske forstod det.

La sœur lui a secoué la main violemment en pleurant.

Søsteren rystede bare voldsomt på hånden, mens hun græd.

Elle a donc indiqué qu'il ne fallait pas envisager cette idée.

Og derfor signalerede hun, at ideen ikke skulle overvejes.

« Mais si seulement il nous comprenait », répéta le père.

"Men hvis bare han forstod os," gentog faderen.

Les yeux fermés, il réfléchit à la réponse de sa sœur.

Ved at lukke øjnene overvejede han søsterens svar.

« S'il comprenait qu'un accord pouvait être conclu avec lui. »

"Hvis han forstod det, kunne der indgås en aftale med ham."

« Mais vu la situation actuelle… »

"Men nu hvor tingene er, som de er..."

«Il faut l'enlever,» s'écria la sœur, «c'est la seule solution.»

"Det skal væk," råbte søsteren, "det er den eneste vej."

«Il faut vous débarrasser de l'idée que c'est Gregor.»

"Du skal slippe af med tanken om, at det er Gregor."

« Notre véritable malheur, c'est d'y avoir cru si longtemps. »
"At vi troede på det så længe, er vores virkelige ulykke."
« Mais comment est-ce possible que ce soit Gregor ? »
demanda-t-elle à son père.
"Men hvordan kan det være Gregor?" spurgte hun sin far.
« Il savait qu'un tel animal ne pouvait pas coexister avec les
humains. »
"Han vidste, at et sådant dyr ikke kan sameksistere med
mennesker."
« Gregor nous aurait quittés depuis longtemps,
volontairement. »
"Gregor ville have forladt os for længe siden, frivilligt."
« C'est vrai, nous n'aurions alors plus de frère. »
"Det er sandt, så ville vi ikke have nogen bror."
« Mais nous pourrions continuer à vivre et à honorer sa
mémoire. »
"Men vi kunne fortsætte med at leve og ære hans minde."
« Mais cette bête nous poursuit et chasse nos locataires. »
"Men dette bæst forfølger os og jager vores lejere væk."
« De toute évidence, il veut s'emparer de tout l'appartement.
»
"Den vil tydeligvis overtage hele lejligheden."
« Cette bête veut nous faire dormir dans la rue. »
"Dette bæst vil have os til at sove på gaden."
« Regarde, papa, » s'écria-t-elle soudain, « il bouge à
nouveau ! »
"Se, far," råbte hun pludselig, "han bevæger sig igen!"
Et elle fit quelque chose que même Gregor ne put
comprendre.
Og hun gjorde noget, som selv Gregor ikke kunne forstå.
Elle se repoussa, comme pour sacrifier sa mère.
Hun skubbede sig væk, som om hun ofrede moderen.
Et elle a couru derrière son père pour trouver une sorte de
sécurité.
Og hun løb bag sin far for en slags sikkerhed.
Le père n'était agité que parce que sa fille l'était.
Faderen var kun oprørt, fordi hans datter var det.

Mais lui aussi se leva et leva les bras au-dessus d'elle.

Men så rejste han sig også op og løftede armene over hende.

Mais Gregor n'avait aucune intention d'effrayer qui que ce soit.

Men Gregor havde ikke haft til hensigt at skræmme nogen.

Il n'avait surtout aucune intention d'effrayer sa sœur.

Han havde især ingen tanker om at skræmme sin søster.

Il essayait simplement de faire demi-tour pour retourner dans sa chambre.

Han prøvede bare at vende tilbage mod sit værelse.

Mais, compte tenu de l'aggravation de son état, même cela devenait difficile.

Men i hans forværrede tilstand var selv dette vanskeligt.

Et il ne pouvait plus se servir pleinement de ses jambes.

Og han havde ikke længere fuld brug af alle sine ben.

Il utilisa donc sa tête pour soulever son corps et se retourner.

Så brugte han hovedet til at løfte kroppen og dreje sig.

Il marqua une pause et chercha l'approbation de sa famille du regard.

Han holdt en pause og så sig omkring for at få familiens godkendelse.

Il semble que sa bonne intention ait été reconnue.

Hans gode intentioner syntes at være blevet anerkendt.

Son mouvement ne leur avait procuré qu'un choc momentané.

Hans bevægelse havde kun været et øjebliks chok for dem.

À présent, ils le regardaient tous en silence, visiblement malheureux.

Nu så de alle på ham i ulykkelig tavshed.

La mère était toujours allongée dans le fauteuil, épuisée.

Moderen lå stadig udmattet i lænestolen.

Le père et la sœur étaient assis l'un à côté de l'autre.

Faren og søsteren sad ved siden af hinanden.

« Peut-être qu'ils me laisseront faire demi-tour maintenant », pensa Gregor.

"Måske lader de mig vende om nu," tænkte Gregor.

Et il continua à effectuer son mouvement de rotation maladroit.
Og han fortsatte med at lave sin akavede drejebevægelse.
Il ne pouvait réprimer les halètements occasionnels dus à l'effort.
Han kunne ikke undertrykke de lejlighedsvise gisp af anstrengelse.
Et il a été contraint de se reposer à plusieurs reprises entre-temps.
Og han var tvunget til at hvile et par gange indimellem.
Plus personne ne le pressait ; c'était à lui de décider.
Ingen tvang ham til at skynde sig nu; det var op til ham.
Finalement, il acheva ce virage lent et douloureux.
Til sidst fuldførte han den langsomme og smertefulde drejning.
Il se dirigea aussitôt vers sa chambre.
Han begyndte straks at gå direkte tilbage til sit værelse.
Il était stupéfait de la distance qui le séparait de sa chambre.
Han var forbløffet over, hvor langt væk fra sit værelse han var.
Comment, malgré sa faiblesse, avait-il réussi à y parvenir auparavant ?
Hvordan var han, trods sin svaghed, nået dertil før?
Il avait emprunté presque le même chemin sans s'en apercevoir.
Han havde rejst næsten den samme rute uden at bemærke det.
Il se concentrait simplement sur le fait de ramper aussi vite qu'il le pouvait.
Han koncentrerede sig bare om at kravle så hurtigt som muligt nu.
L'absence de commentaires ne le dérangeait pas.
Manglen på kommentarer fra nogen forstyrrede ham ikke.
Ce n'est que lorsqu'il fut déjà à l'intérieur qu'il tourna la tête.
Først da han allerede var inde i døren, vendte han hovedet.
Mais il n'a pas pu se retourner complètement.
Men han var ikke i stand til at vende sig om for at se sig helt tilbage.

Car il sentit sa nuque se raidir encore davantage en se tournant.

Fordi han følte sin nakke stivne endnu mere, da han vendte sig.

Mais il constata que rien n'avait changé derrière lui.

Men han så, at intet havde ændret sig bag ham alligevel.

La seule différence, c'est que sa sœur s'était levée.

Den eneste forskel var, at hans søster havde rejst sig op.

Son dernier regard lui montra que sa mère s'était endormie.

Hans sidste blik viste, at hans mor var faldet i søvn.

Dès qu'il fut entré dans sa chambre, la porte fut fermée.

Så snart han var inde på sit værelse, blev døren lukket.

Et dès que la porte fut fermée, le verrouilla.

Og så snart døren var lukket, blev bolden låst.

Gregor fut effrayé par le bruit inattendu derrière lui.

Gregor blev forskrækket af den uventede lyd bagved.

Et ses jambes fléchirent sous lui, surprises par la soudaineté.

Og hans ben gav efter under ham af den pludselige overraskelse.

C'est sa sœur qui s'était précipitée vers la porte derrière lui.

Det var søsteren, der var skyndt sig hen til døren bag ham.

Elle s'était déjà dressée, et l'attendait.

Hun havde allerede stået der oprejst og ventet på ham.

Elle fit alors un petit saut en avant sans que Gregor ne l'entende.

Så sprang hun let fremad uden at Gregor hørte hende.

« Enfin ! » s'écria-t-elle en tournant la clé.

"Endelig!" råbte hun højt, mens hun drejede nøglen.

« Et maintenant ? » se demanda Gregor, seul dans l'obscurité.

"Hvad nu?" spurgte Gregor sig selv, alene i mørket.

Il s'aperçut bientôt qu'il ne pouvait plus bouger du tout.

Han opdagede hurtigt, at han slet ikke kunne bevæge sig længere.

Mais son immobilité ne le surprenait pas vraiment.

Men han var egentlig ikke overrasket over sin ubevægelighed.

Pouvoir se déplacer sur des jambes aussi fines semblait ridicule.

At kunne bevæge sig på så tynde ben virkede latterligt.

Il ne savait pas comment il avait pu y parvenir.

Han vidste ikke, hvordan han nogensinde havde været i stand til at gøre det.

Mais à part ça, il se sentait relativement à l'aise.

Men bortset fra det følte han sig relativt godt tilpas.

Il est vrai qu'il ressentait une douleur intense dans tout le corps.

Det er sandt, at han følte en dyb smerte i hele kroppen.

Mais la douleur semblait s'atténuer de plus en plus.

Men smerten syntes at blive svagere og svagere.

Et il avait l'impression que la douleur finirait par disparaître.

Og han følte, at smerten til sidst ville forsvinde.

Il sentait à peine la pomme pourrie dans son dos.

Han mærkede knap nok det rådne æble i ryggen længere.

Il repensa à sa famille avec émotion et amour.

Han tænkte tilbage på sin familie med følelser og kærlighed.

Il ressentait les émotions de sa sœur encore plus intensément qu'elle.

Han følte sin søsters følelser endnu mere, end hun havde gjort.

Elle avait raison ; il devait partir.

Hun havde ret i det, hun havde sagt; han var nødt til at gå.

Il passa quelque temps dans cet état désert et paisible.

Han tilbragte noget tid i denne tomme og fredelige tilstand.

L'horloge sonna trois fois, doucement mais fermement.

Uret slog tre gange, stille, men bestemt.

Gregor fut doucement tiré de ses pensées.

Gregor blev forsigtigt trukket ud af sine overvejelser.

Il regarda la lumière du matin pénétrer lentement dans sa chambre.

Han så morgenlyset langsomt komme ind på hans værelse.

Puis sa tête s'affaissa complètement, malgré lui.

Så sank hans hoved helt ned, uden hans vilje.

Et son dernier souffle s'échappa faiblement de ses narines.

Og hans sidste åndedrag flød svagt fra hans næsebor.

La femme de chambre est entrée dans sa chambre tôt le matin.
Stuepigen kom ind på sit værelse tidligt om morgenen.
Elle n'a rien trouvé d'inhabituel lors de sa courte visite habituelle.
Hun fandt intet usædvanligt under sit sædvanlige korte besøg.
À bout de forces et dans la précipitation, elle claqua toutes les portes.
Af styrke og hast smækkede hun alle dørene i.
Il était impossible de dormir paisiblement dans tout l'appartement.
Det var ikke muligt at sove fredeligt i hele lejligheden.
On lui avait demandé d'éviter de faire cela le matin.
Hun var blevet bedt om at undgå at gøre dette om morgenen.
Elle pensait qu'il restait allongé là, immobile, exprès.
Hun troede, han lå der så ubevægelig med vilje.
Peut-être voulait-il lui montrer qu'il était offensé.
Måske ville han vise hende, at han var fornærmet.
Elle lui faisait confiance et pensait qu'il était doté d'une intelligence hors du commun.
Hun stolede på, at han havde alle mulige former for intelligens.
Il se trouve qu'elle tenait le long balai à la main.
Hun holdt tilfældigvis den lange kost i hånden.
Alors, depuis la porte, elle essaya de chatouiller un peu Gregor.
Så prøvede hun at kilde Gregor lidt fra døren.
Elle était un peu agacée qu'il ne réponde pas du tout.
Hun var lidt irriteret over, at han slet ikke svarede.
Alors cette fois, elle le poussa un peu plus fermement.
Så hun pressede ham lidt hårdere denne gang.
Comme il n'opposait aucune résistance, elle l'examina de plus près.
Da han ikke viste modstand, kiggede hun nærmere på ham.

Elle comprit rapidement ce qui était réellement arrivé à Gregor.

Hun indså snart, hvad der virkelig var sket med Gregor.

Elle ouvrit davantage les yeux et siffla pour elle-même.

Hun åbnede øjnene mere og fløjtede for sig selv.

Mais elle n'a pas tardé à ouvrir la porte.

Men hun spildte ikke lang tid, før hun åbnede døren.

Et elle cria d'une voix forte dans l'obscurité :

Og hun råbte med høj stemme ud i mørket:

«Viens voir, il est là, complètement mort.»

"Kom og se, der ligger den, fuldstændig død."

Les deux parents étaient assis bien droits dans leur lit conjugal.

De to forældre sad oprejst i deres ægteseng.

Il leur fallait d'abord surmonter le choc du bruit.

Først måtte de overvinde chokket fra støjen.

Mais peu à peu, ils ont commencé à comprendre son message.

Men så begyndte de langsomt at forstå hendes budskab.

Monsieur et Madame Samsa ont chacun sauté de leur côté du lit.

Hr. og fru Samsa sprang ud på hver sin side af sengen.

M. Samsa jeta l'épaisse couverture sur ses épaules.

Hr. Samsa lagde det tykke tæppe over sine skuldre.

Et Mme Samsa sortit vêtue uniquement de sa chemise de nuit.

Og fru Samsa kom ud i kun sin natkjole.

C'est ainsi qu'ils entrèrent dans la chambre de Gregor.

Og sådan kom de ind i Gregors værelse.

Entre-temps, la porte du salon s'était également ouverte.

I mellemtiden var døren til stuen også gået op.

Grete y dormait depuis l'emménagement des locataires.

Grete havde sovet der, siden lejerne flyttede ind.

Elle était entièrement habillée comme si elle n'avait pas dormi du tout.

Hun var fuldt påklædt, som om hun slet ikke havde sovet.

Son visage pâle semblait également témoigner de son manque de sommeil.

Hendes blege ansigt syntes også at bevise hendes mangel på søvn.

« Il est mort ? » demanda Mme Samsa en regardant la bonne.

"Er han død?" spurgte fru Samsa og kiggede på tjenestepigen.

Elle aurait pu le confirmer en le regardant elle-même.

Hun kunne have bekræftet dette ved selv at se på ham.

« Je le crois », dit la bonne en ramassant le balai.

"Det tror jeg," sagde stuepigen og tog kosten op.

Et elle a poussé son corps sur une longue distance à travers le sol.

Og hun skubbede hans krop langt hen over gulvet.

Mme Samsa fit un mouvement comme si elle voulait l'arrêter.

Fru Samsa gjorde en bevægelse, som om hun ville stoppe hende.

Mais finalement, elle a laissé la bonne faire glisser Gregor.

Men til sidst lod hun stuepigen skubbe Gregor rundt.

« Eh bien, » dit M. Samsa, « enfin nous pouvons remercier Dieu. »

"Nå," sagde hr. Samsa, "endelig kan vi takke Gud."

Il fit le signe de croix : tête, poitrine, épaules.

Han gjorde korsets tegn; hoved, bryst, skuldre.

Et les trois femmes suivirent son exemple religieux.

Og de tre kvinder fulgte hans religiøse eksempel.

Grete, qui ne quittait pas le cadavre des yeux, dit :

Grete, som ikke tog øjnene fra liget, sagde;

«Regardez comme il est maigre, il n'a pas mangé depuis si longtemps.»

"Se hvor tynd han var, han har ikke spist i så lang tid."

« La nourriture que je lui laissais chaque matin restait toujours intacte. »

"Den mad, jeg gav ham hver morgen, var altid urørt."

En fait, le corps de Gregor était complètement plat et sec.

Faktisk var Gregors krop fuldstændig flad og tør.

C'était plus visible maintenant qu'il était au sol.

Dette var mere synligt nu, hvor han var på jorden.

Parce que son corps n'était plus soutenu par ses jambes.

Fordi hans krop ikke længere kunne løftes op af hans ben.

Et parce que rien d'autre ne venait distraire la vue.

Og fordi der ikke var noget andet, der distraherede udsigten.

«Viens avec nous un moment, Grete», dit Mme Samsa.

"Kom indenfor med os et stykke tid, Grete," sagde fru Samsa.

Un sourire douloureux se dessinait sur ses lèvres lorsqu'elle parlait.

Der var et smertefuldt smil på hendes læber, mens hun talte.

Grete les suivit, mais jeta aussi un coup d'œil en arrière au cadavre.

Grete fulgte efter dem, men kiggede også tilbage på liget.

La bonne ferma la porte et ouvrit grand la fenêtre.

Stuepigen lukkede døren og åbnede vinduet helt.

Il était encore tôt, l'air était donc normalement froid.

Det var stadig tidligt, så luften ville normalt være kold.

Mais il y avait aussi un mélange de chaleur dans l'air froid.

Men der var også en blanding af varme i den kolde luft.

Comme un doux rappel que c'était désormais la fin du mois de mars.

Som en blid påmindelse om, at det nu var slutningen af marts.

Les trois locataires sortirent alors eux aussi de leur chambre.

De tre lejere trådte nu også ud af deres værelse.

Ils cherchèrent leur petit-déjeuner avec étonnement.

De kiggede forbløffet omkring efter deres morgenmad.

Le petit-déjeuner a été oublié à cause de ce que la femme de chambre a trouvé.

Morgenmaden blev glemt på grund af det, stuepigen fandt.

« Où est le petit-déjeuner ? » grommela l'homme du milieu.

"Hvor er morgenmaden?" mumlede den midterste herre.

La bonne porta son doigt à sa bouche pour demander le silence.

Stuepigen satte fingeren for munden for at beordre ro.

Et elle salua les messieurs d'un geste rapide et silencieux.

Og hun vinkede hastigt og lydløst til herrerne.

La servante fit entrer les trois messieurs dans la pièce.

Stuepigen førte de tre herrer ind i værelset.

Et elle a continué à leur expliquer ce qui s'était passé.

Og hun fortsatte med at forklare dem, hvad der var sket.

Et les trois messieurs se tinrent autour du corps de Gregor.

Og de tre herrer stod omkring Gregors lig.

Les mains dans les poches, ils baissèrent les yeux.

Med hænderne i lommerne kiggede de ned.

La lumière du matin inondait désormais complètement la pièce.

Morgenlyset havde nu fuldstændig oversvømmet rummet.

La porte de la chambre s'ouvrit alors et M. Samsa apparut.

Så åbnede soveværelsesdøren sig, og hr. Samsa dukkede op.

D'un côté se trouvait sa femme, et de l'autre sa fille.

På den ene side var hans kone, og på den anden hans datter.

M. Samsa portait déjà son uniforme.

Hr. Samsa havde allerede sin uniform på nu.

On pouvait voir qu'ils avaient tous un peu pleuré.

Man kunne se, at de alle havde grædt lidt.

Grete pressa son visage contre le bras de son père.

Grete pressede sit ansigt mod sin fars arm.

« Quittez mon appartement immédiatement ! » ordonna M. Samsa.

"Forlad min lejlighed med det samme!" beordrede hr. Samsa.

Et il désigna la porte sans laisser partir les femmes.

Og han pegede på døren uden at lade kvinderne gå.

« Que voulez-vous dire ? » demanda l'intermédiaire, déconcerté.

"Hvad mener du?" spurgte mellemmanden forvirret.

Et il fit de son mieux pour sourire gentiment à M. Samsa.

Og han gjorde sit bedste for at smile sødt til hr. Samsa.

Les deux autres tenaient leurs mains derrière leur dos.

De to andre holdt hænderne bag ryggen.

Et ils se frottèrent les mains d'impatience.

Og de gned deres hænder sammen i forventning.

Ils semblaient s'attendre à une violente dispute.

De syntes at forvente et højlydt skænderi.

Mais ils semblaient se réjouir de la dispute à venir.

Men de virkede glade for det kommende skænderi.

Ils pensaient que le litige tournerait à leur avantage.

De troede, at konflikten ville være til deres fordel.

« Je maintiens exactement ce que je viens de dire », a répondu M. Samsa.

"Jeg mener præcis, hvad jeg lige sagde," svarede hr. Samsa.

Il marchait en ligne droite avec ses deux compagnons.

Han gik i en lige linje med sine to ledsagere.

Et M. Samsa s'est adressé directement à leur responsable.

Og hr. Samsa henvendte sig direkte til deres ledende herre.

Le monsieur resta d'abord immobile, le regard fixé au sol.

Herremanden stod først stille og kiggede ned i jorden.

Le contenu de sa tête était encore en train de se réorganiser.

Indholdet i hans hoved var stadig ved at ordne sig.

« Très bien, nous y allons », dit-il en levant les yeux vers M. Samsa.

"Fint, vi går," sagde han og kiggede op på hr. Samsa.

Une nouvelle humilité semblait l'avoir soudainement envahi.

En ny ydmyghed syntes pludselig at have overmandet ham.

Et il semblait demander la permission pour cette décision.

Og han syntes at bede om tilladelse til denne beslutning.

M. Samsa ouvrit grand les yeux et hocha légèrement la tête.

Hr. Samsa åbnede øjnene vidt og nikkede let.

Les messieurs obéirent immédiatement à son ordre.

Herrerne adlød straks hans befaling.

Et ils ont effectivement fait de longues enjambées dans le couloir.

Og de tog faktisk lange skridt ind i gangen.

Ses amis avaient déjà cessé de se frotter les mains.

Hans venner var allerede holdt op med at gnide sig i hænderne.

Ils avaient écouté le déroulement de la conversation.

De havde lyttet til, hvordan samtalen forløb.

Et maintenant, ils couraient après lui, comme pris de peur.

Og nu løb de efter ham, som i frygt.

M. Samsa pourrait encore les isoler de leur chef.

Hr. Samsa isolerer dem måske stadig fra deres leder.

Ils ont sorti leurs bâtons du récipient.

De trak deres pinde ud af pindebeholderen.

Et ils s'inclinèrent en silence avant de quitter l'appartement.

Og de bukkede lydløst, før de forlod lejligheden.

M. Samsa et les deux femmes sortirent sur le parvis.

Hr. Samsa og de to kvinder trådte ud af forgården.

Mais en réalité, ils n'avaient aucune raison de se méfier de ces hommes.

Men faktisk havde de ingen grund til at mistro mændene.

Ils s'appuyèrent sur la rambarde pour vérifier s'ils étaient partis.

De lænede sig op ad rækværket for at se, om de var væk.

Les trois messieurs descendaient effectivement les escaliers.

De tre herrer var faktisk på vej ned ad trappen.

Ils disparurent dans un virage de l'escalier.

I et bestemt sving på trappen forsvandt de.

Puis l'escalier les ramena à la vue.

Og så bragte trappen dem tilbage i syne.

Ce phénomène d'apparition et de disparition se répétait à chaque étage.

Denne tilsynekomst og forsvinding gentog sig på hver etage.

Mais finalement, ils étaient presque arrivés au fond.

Men til sidst var de næsten nået til bunds.

Plus ils avançaient, moins ils étaient intéressants.

Jo længere de kom, desto mere uinteressante var de.

Tout le monde est rentré à la maison, comme soulagé.

Alle vendte tilbage til hjemmet, som om de var lettede.

Ils décidèrent de profiter de la journée pour se reposer et aller se promener.

De besluttede at bruge dagen på at hvile sig og gå en tur.

Ils estimaient avoir mérité cette pause dans leur travail.

De følte, at de havde fortjent denne pause fra deres arbejde.

Non seulement ils méritaient cette pause, mais ils en avaient besoin.

Ikke nok med at de fortjente denne pause, de havde brug for den.

Ils s'assirent à table pour écrire des lettres d'excuses.
De satte sig ved bordet for at skrive undskyldningsbreve.
M. Samsa a adressé une lettre d'excuses à sa direction.
Hr. Samsa skrev sit undskyldningsbrev til sin ledelse.
Mme Samsa a écrit sa lettre d'excuses à ses clients.
Fru Samsa skrev sit undskyldningsbrev til sine klienter.
Et Grete a écrit sa lettre d'excuses à son directeur.
Og Grete skrev sit undskyldningsbrev til sin rektor.
Pendant qu'ils écrivaient tous, la bonne entra dans la pièce.
Mens de alle skrev, kom stuepigen ind i værelset.
Son travail du matin était terminé, elle rentrait donc chez elle.
Hendes morgenarbejde var færdigt, så hun skulle hjem.
Les trois écrivains hochèrent d'abord la tête, sans lever les yeux.
De tre forfattere nikkede først uden at se op.
Mais la bonne ne semblait pas encore vouloir partir.
Men stuepigen syntes ikke helt at ville gå endnu.
Elle attendit un peu, jusqu'à ce que les trois écrivains lèvent les yeux.
Hun ventede lidt, indtil de tre forfattere så op.
« Eh bien ? » demanda M. Samsa, en colère, comme l'étaient les autres.
"Nå?" spurgte hr. Samsa vred, ligesom de andre.
La bonne se tenait sur le seuil, un sourire aux lèvres.
Stuepigen stod i døråbningen med et smil på læben.
Elle donnait l'impression d'avoir de bonnes nouvelles à annoncer.
Hun gav indtryk af at have gode nyheder at fortælle.
Mais elle n'allait pas partager la nouvelle à moins qu'on ne le lui demande.
Men hun ville ikke dele nyheden, medmindre hun blev bedt om det.
La plume d'autruche dressée sur son chapeau oscillait légèrement.
Den opretstående strudsefjer på hendes hat svajede let.
Cette plume d'autruche avait toujours agacé M. Samsa.

Den strudsefjer havde altid irriteret hr. Samsa.

« Alors, que voulez-vous ? » demanda Mme Samsa, d'un ton ferme.

"Så hvad vil du så?" spurgte fru Samsa bestemt.

La bonne avait encore beaucoup de respect pour Mme Samsa.

Stuepigen havde stadig stor respekt for fru Samsa.

« Oui », répondit-elle, et elle éclata d'un rire amical.

"Ja," svarede hun og brød ud i en venlig latter.

Un instant, son rire l'empêcha de parler.

Et øjeblik forhindrede hendes latter hende i at tale.

« Tu n'as pas à t'inquiéter pour ce qui se passe chez le voisin. »

"Du behøver ikke bekymre dig om den der ved siden af."

« J'ai déjà prévu comment nous allons nous en débarrasser. »

"Jeg har allerede arrangeret, hvordan vi slipper af med det."

Mme Samsa et Grete continuèrent à écrire leurs lettres.

Fru Samsa og Grete fortsatte med at skrive deres breve.

Mais M. Samsa remarqua que la bonne n'avait pas encore terminé.

Men hr. Samsa bemærkede, at stuepigen ikke var færdig endnu.

Elle voulait maintenant tout décrire plus en détail.

Nu ville hun beskrive alt mere detaljeret.

Mais il tendit la main pour repousser ses avances.

Men han rakte hånden ud for at afvise hendes forsøg.

Elle s'est rendu compte qu'ils n'étaient pas intéressés par ses projets.

Hun indså, at de ikke var interesserede i hendes planer.

Et puis elle se souvint de la grande précipitation dans laquelle elle avait été.

Og så huskede hun den store travlhed, hun havde haft.

« Ciao alors », dit-elle, insultée par ce manque d'intérêt.

"Ciao så," sagde hun, fornærmet over den manglende interesse.

Mais avant de partir, elle a claqué la porte très fort.

Men inden hun gik, smækkede hun døren frygtelig hårdt i.

« Elle sera licenciée ce soir », a déclaré M. Samsa.

"Hun bliver fyret i aften," sagde hr. Samsa.

Mais sa femme et sa fille étaient trop occupées pour lui répondre.

Men hans kone og datter havde for travlt til at svare ham.

Parce que la bonne avait troublé leur paix nouvellement acquise.

Fordi tjenestepigen havde forstyrret deres nyvundne fred.

La mère et la fille se levèrent pour aller à la fenêtre.

Moren og datteren rejste sig for at gå hen til vinduet.

Et, enlacés, ils restèrent là.

Og med armene om hinanden blev de der.

M. Samsa se tourna sur sa chaise pour les regarder.

Hr. Samsa drejede sig om i sin stol for at se på dem.

Et pendant un moment, il les observa en silence, immobiles là.

Og et stykke tid betragtede han dem stille, mens de stod der.

Finalement, il leur cria : « Viendrez-vous à moi ? »

Til sidst råbte han til dem: "Vil I komme til mig?"

«Oublions tout ça, d'accord ?»

"Lad os glemme alt det gamle."

«Viens à moi et accorde-moi un peu d'attention.»

"Kom hen til mig og giv mig lidt af din opmærksomhed."

Les deux femmes firent ce qu'il leur avait dit et se précipitèrent vers lui.

De to kvinder gjorde, som han sagde, og skyndte sig hen til ham.

Ils lui ont fait une accolade affectueuse et l'ont embrassé.

De gav ham et kærligt kram og kyssede ham.

Ils retournèrent rapidement pour terminer la rédaction de leurs lettres.

De vendte hurtigt tilbage for at færdiggøre skrivningen af deres breve.

Puis, tous les trois, ils quittèrent l'appartement ensemble.

Så forlod de alle tre lejligheden sammen.

Ils n'étaient pas sortis ensemble depuis des mois.

De havde ikke været ude af huset sammen i flere måneder.

Et ils prirent le tramway jusqu'à la périphérie de la ville.
Og de tog sporvognen til udkanten af byen.
Ils avaient toute la rame du tramway pour eux seuls.
De havde hele sporvognsvognen for sig selv.
La lumière du soleil inondait la pièce par la fenêtre.
Solskin strømmede ind gennem vinduet udefra.
La famille se cala confortablement dans ses sièges.
Familien lænede sig behageligt tilbage i deres sæder.
Et ils ont discuté de leurs perspectives d'avenir.
Og de diskuterede udsigterne for deres fremtid.
À y regarder de plus près, leurs perspectives n'étaient pas mauvaises.
Ved nærmere eftersyn var deres udsigter ikke dårlige.
Tous les trois occupaient des emplois qui leur permettraient de gagner davantage.
Alle tre havde job med potentiale til at tjene mere.
Ils ne s'étaient jamais interrogés l'un sur l'autre concernant leur travail.
De havde aldrig spurgt hinanden om deres arbejde.
Mais maintenant, ils avaient enfin le temps de discuter de ces choses-là.
Men nu har de endelig haft tid til at diskutere den slags ting.
Ils avaient également la possibilité de déménager dans un appartement plus petit.
De havde også mulighed for at flytte til en mindre lejlighed.
Cela aurait le plus grand impact sur leur vie.
Dette ville have den største indflydelse på deres liv.
Leur appartement actuel avait été choisi par Gregor.
Deres nuværende lejlighed var blevet valgt af Gregor.
Mais maintenant, ils pourraient déménager dans un endroit plus abordable.
Men nu kunne de flytte et sted hen, hvor de kunne være billigere.
Un appartement plus petit, mais dans un endroit plus pratique.
En mindre lejlighed, men et mere praktisk sted.
Parler de l'avenir a redonné vie à Grete.

At snakke om fremtiden gjorde Grete mere livlig igen.

Monsieur et Madame Samsa ont également remarqué d'autres changements chez elle.

Hr. og fru Samsa bemærkede også andre forandringer hos hende.

Ses joues étaient devenues pâles à cause de tous ses soucis.

Hendes kinder var blevet blege af alle hendes bekymringer.

Mais à présent, leur fille s'épanouissait et devenait une femme remarquable.

Men nu blomstrede deres datter op og blev en fin dame.

C'était vraiment une belle et jolie jeune femme, maintenant.

Hun var nu virkelig en velbygget og fin ung kvinde.

Ses parents se turent et admirèrent leur fille.

Hendes forældre blev stille og beundrede deres datter.

Ils échangèrent un regard, communiquant inconsciemment.

De kiggede på hinanden og kommunikerede ubevidst.

« Il sera bientôt temps de lui trouver un homme bien. »

"Det vil snart være tid til at finde en god mand til hende."

Le tramway était arrivé à destination et avait ralenti.

Sporvognen havde nået sin destination og sænket farten.

Leur fille semblait confirmer leurs nouveaux rêves.

Deres datter syntes at bekræfte deres nye drømme.

Elle fut la première à se lever et à étirer son jeune corps.

Hun var den første til at rejste sig op og strække sin unge krop.